안시성의 작은 별 ①

'제1권 병든 백성을 구하라'

안 시 성 의 작 은 별 ①
'제1권 병든 백성을 구하라'

초판인쇄 2024년 10월 10일
초판발행 2024년 10월 17일

글쓴이 윤남천
그림제작 오지예

펴낸이 윤극창
펴낸곳 글쌈지책방

등록 2024년9월26일(제2024-000014호)
주소 부산광역시 수영구 수영로 381-5
전화 (051)622-2435 팩스 (051)622-2436
전자우편 ykc353@naver.com

ⓒ 윤남천 오지예 2024
ISBN 979-11-989484-1-0
      979-11-989484-0-3(세트)

양만춘 장군의 소년 시절 이야기

안시성의 작은 별 ①

'제1권 병든 백성을 구하라'

글   윤남천

그림 오지예

글쌈지책방

\<지은이의 말\>

- '안시성의 작은 별'은 양만춘 장군의
  소년 시절을 이야기한 책입니다-

여러분은 중국의 당 태종이 수십만 대군을 끌고 고구려를 쳐들어왔을 때, 이를 안시성에서 물리친 양만춘 장군을 잘 알고 있을 것입니다. 이것이 바로 그 유명한 '안시성 전투'입니다.

그런데 이 책은 그때의 이야기가 아니고, 양만춘 장군이 아직 어린 소년이었을 때의 이야기를 엮은 것입니다.

그러니까 중국에서는 수나라가 망해 버린 직후였고, 당나라는 아직 일어서기도 전이었습니다. 그런데, 이런 때에는 또 거란과 같은 북방 민족이 슬금슬금 고개를 들고 쳐들어오기도 했습니다.

이 이야기는 바로 그런 때의 이야기가 되겠습니다.

양만춘 장군은 어렸을 때 어떤 소년이었을까요?

안타깝게도 장군님의 소년 시절을 알 수 있는 기록은 아무것도 남아 있지 않습니다. 고구려를 멸망시킨 적군은 고구려라는 나라를 흔적도 없이 지워버리기 위해서, 모든 것을 다 태워 없애버렸다고 합니다. 참으로 안타까운 일이 아닐 수 없습니다.

그러나 이것 하나만은 분명하겠지요. 소년 양만춘은 '씩씩하고 슬기로우며, 나라를 사랑하는 사람이었다.'라는 것 말입니다.

이 책에서 양만춘 장군은 '콩이대장'이라는 이름으로 나옵니다.

제1권 '병든 백성을 구하라'는 주인공이 적의 포위를 뚫고 나가 약 처방을 받아와서, 병든 백성들을 구해낸다는 이야기입니다.

오랜 전투 끝에 돌콩성(안시성)에는 이상한 병이 찾아옵니다.
기나긴 전쟁으로 신선한 채소나 과일을 먹지 못하게 되자, 이런 병이 찾아온 것이었습니다.
여러분 중에는 이 병이 무슨 병인지 짐작하는 사람도 있겠지요. 그런데 옛날 사람들은 이것이 무슨 병인지도 몰랐고, 의원님도 이런 병은 처음 보는 병이라 어떻게 할 수가 없었습니다.

그런데 저 산 너머 '하늘문 골짜기'라는 곳에 약령도사라는 분이 있는데, 그 도사님은 못 고치는 병이 없다고 했습니다. 그러나 적이 돌콩성을 에워싸고 있어서 갈 수가 없었습니다.

궁리 끝에 콩이대장(소년 양만춘)이 적의 눈을 속이고, 말갈 소년으로 변장하여 성을 빠져나갑니다.

콩이대장은 과연 어떻게 되었을까요?
자, 이제 우리 모두 콩이대장이 되어,
그날의 활약을 맘껏 펼쳐봅시다.

안시성의 작은 별 1

'제1권 병든 백성을 구하라'

바람 잘 날 없는 돌콩성　　　　11

돌콩성 병이 들다　　　24

콩이대장, 성을 빠져나가다　　　51

약령도사를 찾아서　　　82

도사님의 약처방   105

 콩나물도 약이냐?   127

콩나물을 확보하라   145

콩나물이 명약이다   166

최후의 일격   179

나오는 사람들

콩이대장
양 만춘 장군의 어릴 적 별명.
약을 구하기 위해, 몰래 성을 빠져나간다.

장군님

안시성의 성주.
콩이대장을 손자같이 아끼고 돌봐준다.

민정대장
백성들을 보살피는 민정대의 대장.
약을 구하기 위해 말갈가족을 이용한다.

랑랑

말갈 가족의 딸.
콩이대장을 오빠처럼 따르고 도와준다.

의원님

돌콩성의 의원님.
병든 사람들을 구하기 위해 노력한다.

절로부인

콩이대장의 어머니.
성에 남아 아들을 키우며 살아간다.

약령도사

산속에서 병을 연구하는 도사님
뜻밖에도, 약은 바로 콩나물이라고 한다

말갈 가족

아버지, 아들, 딸 이렇게 세 식구다.
콩이대장이 약을 구해오도록 돕는다

바람 잘 날 없는 돌콩성

돌콩성 사람들은 불안한 마음으로 하루하루를 보내고 있었습니다. 성 밖에는 무시무시한 적들이 성을 꽁꽁 에워싸고 있었고, 성안에서는 병까지 퍼져 사람들은 두려움에 떨고 있었던 것입니다.

바라는 것이 있다면, 오늘 하루도 그저 아무 일 없이 무사히 지나갔으면 하는 마음뿐이었습니다.

그러나, 오늘도 무사하지는 않은 것 같았습니다.

"앗! 안 된다!"

"저놈 잡아라."

성안에 갑자기 난리가 났습니다.

어떻게 된 일인지 독수리 한 마리가 아기를 낚아채 가버리는 일이 벌어진 것이었습니다. 성안에 독수리가 들어와 아기를 채가다니, 이게 어찌 된 일이란 말입니까? 독수리는 날개를 퍼덕이며 하늘로 날아오르려 하고 있었습니다.

"안 된다. 안 돼!"

독수리가 성벽을 넘어가면 안 됩니다. 사람들이 소리치며 달려갔지만, 독수리는 벌써 저만큼이나 높이 날아오르고 있었습니다.

사람들은 발만 동동 구르고 있었습니다. 독수리는 성벽을 넘어가기 위해 이제 마지막 날갯짓을 하고 있었습니다.

앗, 이것 큰일 났습니다.

"아이고, 저걸 어쩌나?"

"넘어가면 안 돼."

사람들은 어찌할 바를 몰랐습니다.

그때였습니다. 성벽 위에서 웬 아이 하나가 달려오는 것이 아니겠습니까? 그 아이는 마치 하늘을 나는 새처럼 솟구쳐 뛰어올랐습니다.

"아이고, 떨어지면 어쩌려고 저러나!"

모두 그만 눈을 가리고 말았습니다.

그런데 이게 어찌 된 일입니까? 그 아이가 독수리를 잡아채는 게 아닙니까? 독수리의 발을 붙잡았던 것입니다.

그 아이는 참 날쌔기도 했습니다. 어떻게 했는지 독수리의 목을 발로 차버리는 것이었습니다. '큭'하는 소리와 함께, 독

수리는 그만 푸드덕 내려앉고 말았습니다. 성벽 아래로 떨어
져 버린 것입니다.

"와!"

사람들이 달려오기 시작했습니다. 그런데 그때 누군가가
말했습니다.

"콩이대장 아니야?"

그랬습니다. 성벽 위에 있던 콩이대장이 달려와 독수리를
낚아챘던 것입니다.

콩이대장은 독수리의 목을 잡고는 꽉 누르고 있었습니다.

그러자 사람들이 달려와 독수리 발톱에서 아기를 빼냈습
니다. 발톱이 어찌나 세게 박혔던지 아기의 피부를 뚫고 들
어갔습니다. 다행히 포대기에 싸여 있어서, 그렇게 심하게

다치지는 않았습니다. 자칫하면 큰일 날 뻔했습니다.

콩이대장이 아기를 구해낸 것입니다.

사실 콩이대장은 바로 훗날 고구려를 당나라로부터 지켜냈던 위대한 장군, 양만춘 장군의 어릴 적 별명이었습니다.

어릴 때부터 용맹함과 지혜로움이 남달랐던 그는, 이렇듯 어려운 상황에서도 주저하지 않고 위험을 무릅쓰고 사람들을 구해내는 일을 마다하지 않았던 것입니다.

아기 어머니는 고맙다며 눈물을 감추지 못했습니다.

성안 사람들이 모두 다 나왔습니다. 마을 남자들이 아기를 번쩍 들어 올렸습니다. 그러고는 모두 만세를 불렀습니다.

"만세! 만세!"

"콩이대장 만세!"

사람들은 모두 콩이대장을 칭찬하기에 바빴습니다.

"내년에는 낙랑 언덕 사냥대회에 나가도 되겠다."

"당연하지. '용사'라는 이름은 차지하고도 남을 거야."

고구려에서는 매년 마다 삼 월 삼 일이 되면, 평양 근처에
있는 '낙랑 언덕'이라는 곳에서 사냥대회가 열립니다. 전국
의 씩씩한 젊은이들이 이 사냥대회에 참가하여 자신의 사냥
솜씨를 뽐냈습니다. 그중에서 제일 많이 잡은 사람은 '용사'
라는 이름도 얻고, 또 벼슬도 받았습니다.

그 유명한 온달 장군도 바로 이 낙랑 언덕의 사냥대회에
서 실력을 뽐냈던 것입니다. 역사책에는 다음과 같이 그 기
록이 남아 있습니다.

**'온달은 평강공주가 사 와서 잘 기른 말을 타고 대회에
나갔는데, 수많은 짐승을 사냥하며 발군'의 실력을 보였
다. 평원왕은 대회에서 우승한 온달을 불러 그 이름을
듣고는 크게 놀랐으나, 아직 온달''을 사위로 인정하려 하**

*발군(拔群)-여럿 가운데에서 특별히 뛰어남.
**온달(溫達)-고구려 평원왕 때의 장군

지는 않았다.'

콩이대장도 바로 그 대회에 나가야 한다는 것입니다. 그래 서 그 실력을 보여 줘야 한다고 했습니다. 사람들은 그만큼 이나 콩이대장을 훌륭하다고 생각하고 있었습니다.

그때 사람들 사이에서 귀에 익은 목소리가 들려왔습니다.

언제 왔는지 모르지만, 콩이대장 집의 아주머니가 거기에 서 있는 것이었습니다. 아주머니는 사람들 사이를 비집고 콩 이대장에게로 왔습니다. 그러고는 콩이대장 옷에 묻은 흙을 털어주며, 자랑스럽다는 듯 뽐내고 있었습니다.

아주머니는 콩이대장의 어머니가 시집올 때 같이 따라온

몸종*입니다. 그런데 지금은 아버지가 없는 콩이대장의 집에서 든든한 살림꾼이 되어, 어머니를 도와주고 있었습니다.

콩이대장의 아버지는 돌콩성을 지키는 돌격대장이었습니다. 그런데 콩이대장이 어렸을 때 전사하고 말았습니다.

콩이대장의 어머니는 귀족 출신이지만, 평양으로 돌아가지  않고 아들 콩이대장을 키우며 살아가고 있었습니다. 마을 사람들은 모르는 것이 있으면, 모두 어머니에게 왔습니다. 그래서 옷의 모양을 보고 바느질을 어떻게 하는지 배워 가기도 하고, 또 잔치가 있으면 콩나물 키우는 법도 배워서 갔습니다. 콩이대장의 어머니는 그만큼 사람들에게 존경받으며 살아가고 있었습니다.

사람들은 콩이대장 어머니를 절로부인이라 불렀습니다.

그런데 이때 멀리 성 위에서 이 모습을 보고 있는 사람이

*몸종-주인 여자에게 딸려서 잔심부름하던 여자 종

있었습니다. 바로 장군님이었습니다.

"참 대단해. 우리 콩이대장."

장군님이 웃음을 띠며 그렇게 말했습니다.

"그렇습니다. 콩이대장이 아니었으면 큰일 날 뻔했습니다."

곁에 있던 부하도 그렇게 말했습니다.

"적들은 물러가지 않고, 사람들은 병 때문에 불안하기만 한데. 아기를 채 가기라도 했으면 어쩔 뻔했나?"

"그렇습니다. 그렇지 않아도 사람들 마음이 어수선한데*, 참으로 다행입니다."

"그건, 그렇고."

장군님은 이야기하다 말고, 성을 에워싸고 있는 적들을 보며 물었습니다.

"적의 움직임에 이상한 점은 없는가?"

혹시 적들이 어떻게 하지는 않을지 걱정이 되어서, 물어보는 것이었습니다.

"아, 네. 지금까지 별다른 움직임은 없습니다. 이상한 점

*어수선하다-차분하게 안정되지 못하고 뒤숭숭하다

이 보이면 즉시 보고하겠습니다."

"음, 그래. 그러나저러나 환자들 때문에 걱정이야."

"네. 성안의 분위기가 좋지 않습니다."

"그럴 거야. 큰일이군"

장군님은 계단을 내려가기 시작했습니다.

"그건 그렇고, 우리도 내려가 보세. 어디 다치지나 않았는
지 걱정이군."

"네. 알겠습니다."

부하도 급히 장군님을 따라 내려왔습니다.

사람들은 아직도 콩이대장 곁을 떠나지 않고 있었습니다.

"콩이대장, 대단하다. 대단해."

장군님이 다가오자, 사람들은 길을 비켰습니다. 콩이대장은 쑥스러운* 듯, 얼른 고개를 숙이며, 인사를 했습니다.

장군님은 콩이대장이 괜찮은지 물어보았습니다.

"어디 다친 데는 없느냐?"

"네. 괜찮습니다."

따라온 부하도 한마디 했습니다.

"야-! 난 땅으로 떨어지는 줄 알았다. 날쌔기도 하지."

장군님은 아기도 괜찮은지 물어보았습니다. 사람들은 독수리 발톱이 파고들었다며, 큰일 날 뻔했다고 했습니다.

*쑥스럽다-하는 짓이나 그 모양이 격에 어울리지 않아 어색하다.

아기 어머니는 괜찮다며 천만다행*이라고 했습니다.

장군님은 콩이대장을 돌아보며 다짐하듯 말했습니다.

"콩이대장, 우리 돌콩성 사람들의 목숨은 중요해. 아기 한 사람의 목숨도 중요하단다. 콩이대장, 수고했어. 만세다, 만세야."

장군님이 그렇게 말하자 사람들은 또다시 만세를 부르기 시작했습니다. 그러고는 콩이대장을 말에다 태웠습니다.

"만세! 만세!"

"콩이대장 만세!"

"장군님 만세!"

*천만다행(千萬多幸)-매우 다행함.

사람들의 만세 소리는 그칠 줄을 몰랐습니다. 장군님도 흐뭇한 듯 그 모습을 한참이나 보고 있었습니다.

콩이대장의 용감한 행동 덕분에 오늘만큼은 돌콩성 사람들이 활기를 되찾을 수 있을 것 같았습니다.

돌콩성 병이들다

그러나 그 기쁨도 오래가지는 않았습니다.

만세 소리가 잦아들자, 사람들은 다시 불안해지기 시작했습니다. 돌콩성은 여전히 적의 공격에 둘러싸여 있었고, 성 안에서는 이상한 병이 퍼지고 있었던 것입니다. 사람들은 왜 이런 일이 일어나는지 몰라 겁에 질려, 불안에 떨고 있었습니다.

이곳은 요동˙ 벌판을 지키고 있는 고구려의 안시성.

＊요동(遼東)-고구려 때, 요하(遼河)라는 강의 동쪽, 고구려 땅을 말함.

이렇게 이름이 따로 있었지만, 사람들은 본래 이름을 두고 그냥 돌콩성이라 불렀습니다. 돌콩처럼 야물고 튼튼하다는 뜻이었습니다.

돌콩성의 성주는 돌콩장군입니다. 장군님도 본래 자기의 이름이 따로 있습니다. 그런데 사람들은 장군님도 돌콩장군 이라고 부르고 있었습니다. 돌콩*처럼 단단해서, 싸움에 진 적이 한 번도 없기 때문이었습니다.

돌콩성은 이처럼 튼튼한 성입니다. 또 용감한 장군님이 지 키고 있어서 아무런 걱정이 없었습니다.

*돌콩-들에 나는 작은 콩. 매우 단단하고 야물다.

그러나 지금은 모두가 불안한 마음으로 날을 보내고 있었습니다. 적은 물러가지 않고 있는데, 이상한 병이 성안을 뒤덮고 있었기 때문입니다.

조금 전에 보여 준 콩이대장의 용맹함이 사람들의 마음에 잠시나마 활기를 불어넣기는 했겠지만, 그것도 잠시뿐이었습니다. 불안한 마음은 어쩔 수가 없는 것이었습니다.

언제부터인지 모르지만, 사람들의 입가에 피가 번지고 있었습니다. 정확하게 말하면 잇몸에서 피가 나는 것이었습니다. 그게 그러니까 처음엔 기운이 없어서 시름시름 앓다가 좀 심해지면, 잇몸에서 피가 번져 나오기 시작했던 것입니다. 사람들은 왜 그런지 몰라 두렵고 혼란스러웠습니다.

처음에 한두 사람이 그럴 때는 별 대수롭지 않다고 생각했는데, 날이 갈수록 그런 사람들이 더 늘어나자, 사람들은 온갖 생각을 다 하게 되었습니다. 하필이면 입에서 피가 나다니 말입니다.

'누군가가 우물에 독을 넣었다.'

'적군이 이상한 약을 뿌렸다.'

'아니다. 돌림병*이다.'

좀 이상한 말을 하는 사람도 있었습니다.

'죽은 사람들이 많아서 그렇다.'

석 달이나 되는 긴 전투에서 수많은 적이 죽어 나갔으니까 그런 말이 나올만하기도 했습니다. 그러니까 사람들은 그것이 어떤 병인지, 또 왜 그런 것인지를 몰라 불안하고 당황스러웠던 것입니다.

어디서 온 건지 알 수 없는 그 이상한 병은 이제 성안 전체에 퍼져나갔습니다. 처음엔 몇 명만 아프던 것이, 이제는 누구라 할 것 없이, 여기저기 많은 사람이 쓰러지고 있었던

---

*돌림병(돌림病)-여러 사람에게 잇달아 옮아 널리 퍼지는 병.(전염병)

것입니다.

그러자 사람들은 점점 더 알 수 없는 불안 속으로 빠져들고 있었습니다.

"이건 무서운 병이야. 여기 있으면 우리도 다 죽을 거야."

"어서 성을 떠나야 해!"

이런 소문이 퍼지자 사람들은 겁에 질려 어쩔 줄 몰랐습니다. 장군님이 아무리 그들을 진정*시키려 해도 소용이 없었습니다. 평소에 장군님을 믿고 따르던 사람들조차 이제는 장군님을 믿지 못하게 되었고, 마음속 불안을 떨쳐내지 못했습니다. 성안의 분위기는 걷잡을 수 없는 혼란 속으로 빠져

＊진정(鎭靜)-흥분이나 아픔 따위를 가라앉힘.

들고 있었습니다.

거기에다 안 좋은 일이 또 일어났습니다.

어느 날 흰 깃발을 든 적병* 하나가 나타난 것입니다. 흰 깃발은 항복한다는 뜻입니다. 그런데 적군이 항복할 리는 없지 않겠습니까? 이게 어찌 된 것인지를 몰라 고구려군은 보고만 있었습니다.

그런데 그 병사가 입은 옷을 자세히 보니 고구려 병사 같아 보였습니다. 장군님은 얼른 그 병사를 붙잡아 들이라고 했습니다.

*적병(賊兵)-적군의 병사.

장군님이 물었습니다.

"그대는 고구려군이 아닌가?"

그러자 그 병사는 장군님 앞에 무릎을 꿇으며 말했습니다.

"장군님. 죽여 주십시오. 죄송합니다. 저는 오골성을 지키는 고구려 군사입니다."

오골성은 평양에 가려면 꼭 거쳐 가야 하는 중요한 성입니다.

"뭐라고? 오골성의 군사가 웬일이란 말인가?"

그 병사의 이야기는 다음과 같았습니다.

돌콩성의 싸움이 길어지자, 오골성에서는 군대를 보내기로 했는데, 이를 눈치챈 적들이 숨어있다가 고구려군을 기습했다는 것입니다. 그래서 오골성에서 보낸 고구려 병사들은 대부분 다 죽고 말았다고 했습니다. 그리고 살아남은 사람은 잡히고 말았는데, 자신도 그중의 하나라는 것이었습니다.

장군님이 다시 물었습니다.

"그래, 여기에는 무슨 일로 왔단 말인가?"

그러자 그 병사는 품*속에서 편지 하나를 꺼내 장군님께

*품-윗옷을 입었을 때 가슴과 옷과의 틈 사이.

드렸습니다. 적장이 보낸 편지였던 것입니다. 말하자면 적장의 심부름을 온 것이었습니다.

'항복하면 살려주겠다.'

거기에는 그렇게 씌어 있었습니다. 이제 아무도 도와줄 사람도 없으니 그만 항복하라는 것이었습니다.

'어떻게 안 좋은 일이 이렇게 자꾸 일어나는가?'

장군님은 그 병사를 잘 보살펴 주도록 했습니다.

그리고 날이 저물자, 활 잘 쏘는 병사 10명을 데리고 망루*로 올라갔습니다.

거기에는 불화살이 준비되어 있었습니다.

*망루(望樓)-주위를 살펴보기 위해서 높이 세워 놓은 다락집

"목표물은 바로 저기 보이는 적군의 망루다. 깨끗이 불태워 없애 버려라."

소나무 기름에 적신 불화살이 망루를 향해 날아갔습니다. 때마침 겨울의 거센 바람이 몰아치고 있어서 화살은 적의 망루까지 닿을 수 있었습니다. 수십 개의 불화살이 망루에 박혔습니다. 망루는 순식간에 불길에 싸여버리고 말았습니다. 적군들이 놀라서 불을 꺼보려 했지만, 불길은 더 거세지기만 했습니다. 오히려 우리 편 군사들이 쏜 화살에 그들은 쓰러지고 말았습니다. 적의 망루는 완전히 불길에 싸이고 말았습니다. 그 높다란 망루가 불타오르는 것을 보면서 돌콩성 사람들은 환성을 질렀습니다.

그날 밤 적군의 망루는 깨끗하게 사라지고 말았습니다.

그것이 적장이 보내온 편지에 대한 답이었던 것입니다.

그러는 동안에도 그 이상한 병은 마치 돌림병처럼 자꾸 번져나가고 있었습니다. 하루에 몇 명 정도로 늘어나는가 하더니, 이젠 하루에도 수십 명씩이 드러눕게 되었습니다. 성 안 백성들의 불안은 커져만 갔습니다.

거기에다가 또 큰일이 나고 말았습니다. 사람이 죽어 버린 것입니다. 본래 몸이 좋지 않아 시름시름 앓고 있던 사람인데, 이번에 이 병까지 걸리는 바람에 결국 죽고 말았던 것입니다.

사람들은 그 사람의 옷이며 쓰던 물건들을 말끔히 태워 없애야 한다고 했습니다. 그렇게 태워서 없애야 병이 다른 사람에게 옮아가지 않는다는 것이었습니다.

그것도 성안에서는 안 된다면서, 성 밖에 나가서 해야 한다고 했습니다.

그러지 않아도 불안한 데, 사람이 죽어 나가는 일까지 생겼으니, 사람들은 신경이 날카로울 대로 날카로워질 수밖에 없었습니다.

의원님의 말도, 장군님의 말도 통하지 않았습니다. 결국은 서문 밖에 있는 강가에서 태워 없앨 수밖에 없었습니다.

다행히 서문 밖은 좀 너른 터가 있고, 그 끝에는 또 강이 흐르고 있어서 그런 것을 태워 없애는 데는 별로 문제가 없었습니다.

그런데 그렇게 하려면 말갈* 가족이 문제였습니다.

말갈 가족은 아버지, 아들, 딸 이렇게 세 식구가 한 가족인데, 은둔산이라고 하는 외딴 산속에서 지냅니다. 그들은

*말갈(靺鞨)-고구려 때, 만주 지방에 있던 한 종족(여진족, 만주족)

토끼, 여우, 담비 같은 짐승의 털가죽을 돌콩성에 가지고 와서는 양식이나 소금, 된장 등으로 바꾸어 가곤 했습니다.

그런데, 그들은 언제나 셋이 같이 다닙니다. 말갈 가족이란 이름은 그들이 말갈인이기도 하지만, 항상 아버지와 아들, 딸 이렇게 한 가족 셋이 꼭 같이 다니기 때문에 붙여진 이름입니다. 그런데, 말갈 가족이 돌콩성에 올 때는 적의 초소*를 지나서 오게 되어 있었습니다. 그러니까, 말갈 가족이 이것을 보게 되면 적군에게도 이 사실이 알려지게 될지도 모르는 것입니다. 그렇게 되면 적은 돌콩성에 병이 돌고 있다는 것을 눈치챌지도 모릅니다. 그러니까, 말갈 가족이 보지 못하도록 해야 하는 것

*초소(哨所)-보초를 서는 곳

이 안전합니다.

그래서 민정 대장은 말갈 가족이 일을 빨리 끝내고 돌아갈 수 있도록 했습니다.

민정대장은 말갈 가족이 오자마자, 수문[*]의 통나무를 들어내고 뗏목을 바깥으로 흘려보냈습니다. 그러자 말갈 가족은 가져온 물건을 뗏목 위에 올려놓았습니다.

신호를 기다려 안에서 뗏목을 당겨보니 거기에는 여우 털가죽이 하나 실려있었습니다.

그리고 '쌀'이라고 하는 말갈 가족 딸의 목소리가 들려왔습니다. 귀한 쌀을 내놓으라니 좀 그렇기는 하지만, 그런 걸

*수문(水門)-물의 흐름을 조절하기 위해 여닫을 수 있게 만든 문

따지기에는 일이 좀 급했습니다.

　민정 대장은 얼른 쌀 한 되를 가져오게 하였습니다. 쌀을 받은 말갈 가족은 좋다고 하면서 돌아갔습니다.

　민정대장은 말갈 가족이 가기를 기다려 일을 서둘렀습니다. 서문을 열고 나가서 준비해 둔 나무를 쌓아 올리고는 그 환자가 쓰던 물건들을 태우기 시작했습니다.

　불길이 세차게 올랐습니다.

　저 북쪽 성벽 너머에 있는 적이 무언가 눈치챌지도 모릅니다. 거기는 적의 초소가 있으니까요. 적이 모르게 성안에서 하자고 했지만, 사람들은 막무가내*였던 것입니다.

*막무가내(莫無可奈)-도무지 어찌할 수가 없는 상황.

어떻든 그렇게 해서 그 일은 일단 끝이 났습니다.

그런데 문제는 어떻게 된 셈인지 자고 나면 환자가 자꾸만 늘어나는 것이었습니다. 하룻밤에도 수백 명씩 늘어나는 바람에 이러다가는 온 성안의 사람들이 모두 병에 걸려 죽을지도 모른다는 말이 떠돌기 시작했습니다.

그러던 어느 날 화공부대에서 급한 연락이 왔습니다. 갈 곳 없는 환자들이 화공부대 앞에 모여서 부대 건물 안으로 들어오려고 하고 있다는 것이었습니다.

화공부대는 화공*을 하기 위해서 만든 부대입니다. 그래서 화공부대에는 불이 잘 붙는 소나무 기름과 같은 것들이 있어서 자칫 잘못하다가는 위험한 일이 생길 수도 있습니다.

"환자들이 거기엔 무엇 하러 간단 말인가?"

민정대장과 의원님이 급히 달려갔습니다.

"이곳은 위험한 곳입니다. 이리로 들어오면 큰일 납니다."

화공부대원들이 문 앞을 막고는, 환자들이 들어오지 못하게 막고 있었습니다. 그런데 환자들은 그러거나 말거나, 물러서지 않고 버티고 있는 것이었습니다. 그렇다고 이 추운

*화공(火攻)-전쟁 때에, 불로 적을 공격함.

겨울에 환자들을 마구 몰아낼 수는 없었습니다.

의원님도 나서서 애원해 보았지만, 아무 소용이 없었습니다. 어떻게 해야 할지 답답하기만 했습니다.

그때였습니다. 장군님의 말소리가 들리는 것이었습니다.

"어허, 이 추운 데 그냥 가라고만 하면 어떻게 하나?"

언제 왔는지 모르지만, 거기에 장군님의 모습이 보였습니다. 모두 놀라서 뒤로 물러섰습니다. 그러자 환자들도 뒤로 슬금슬금 물러서기 시작했습니다.

환자들을 둘러보던 장군님은 무언가 생각난 듯 창고지기*를 오라고 했습니다.

*창고지기(倉庫지기)-창고를 관리하고 지키는 사람

"지금 곡식 창고 중에서 빈 곳이 어디인가?"

"네. 첫째 창고와 두 번째 창고가 비었습니다."

"지금부터 첫 번째 창고는
민정대에서 관리한다.
열쇠를 민정대장
에게 넘겨라."

장군님은 창고지기에게 명령을 내렸습니다.

민정대는 백성들을 보살피기 위해 만든 군대입니다.

"그리고, 민정대장은 이 사람들을 제1 창고로 안내하라.
식당 뒤에 가면 짚더미가 아직 많이 남아 있을 테니, 그것을
갖다가 창고 바닥에 깔도록 하라."

장군님이 민정대장에게 그렇게 명령하자, 그제야 환자들도
창고 쪽으로 움직이기 시작했습니다.

그리고 또 다행인 것은, 절로부인이 환자들을 위해 솥을

걸어 놓고, 콩나물국이라도 끓여주기 시작한 것이었습니다. 그래서 환자들은 부인이 끓여주는 따뜻한 국물이라도 한 모금씩 먹으면서 추위를 녹일 수 있게 되었습니다.

그러던 어느 날 노인 한 분이 장군님을 찾아왔습니다. 그 노인은 성안에서 나이가 제일 많은 분이었습니다.

"아니? 노인께서는 전에 화살촉을 만들던 분이 아닙니까?"

"네. 그렇습니다. 장군님."

그 노인은 장군님도 아는 사람이었습니다.

"노인께서 무슨 일로 이렇게 오셨습니까?"

"장군님. 말씀드릴 게 있어서 찾아왔습니다."

모두 그 노인을 보고 있었습니다.

잠깐 뜸을 들이던* 노인은 다시 말을 이어가기 시작했습니다.

"장군님. 요즘 걱정이 많으시지요? 사실은 그것 때문에 찾아왔습니다."

"어르신, 혹시 그 돌림병 말씀입니까?"

*뜸을 들이다-말을 얼른 하지 않고 사이를 두거나 머뭇거리다.

옆에 있던 의원님이 먼저 물었습니다.

"그렇습니다."

역시 그 일로 찾아온 것이었습니다. 노인은 장군님께 자기 생각을 말씀드리려고 찾아온 것이었습니다.

"장군님. 제 못난 생각이오나 혹시라도 도움이 되었으면 하는 생각에 이렇게 찾아와 말씀을 드립니다. 저 산 너머 깊은 산속에 약령도사라고 하는 분이 있는데, 그분은 우리가 잘 모르는 귀한 풀로 못 고치는 병이 없다고 합니다.

특히 그분은 병의 원인을 알아내서 그 병이 무엇 때문에 생겼는지, 또 어떻게 해야 낫게 할 수 있는지 밝혀내는 데는 아무도 따라갈 사람이 없다고 합니다. 장군님, 그 도사님께 사람을 한번 보내어 보시는 것이 어떻겠습니까?"

노인의 말씀은 이치에 맞고, 또 함부로 하는 말이 아니었습니다. 노인의 말을 귀담아듣고 있던 장군님은 의원님에게 물었습니다.

"의원님. 그 약령도사라는 분 알고 있습니까?

"아, 예. 그분에 대한 말씀은 잘 알고 있습니다. 그분은 임금님의 시의*가 되어도 괜찮은 분이라고 합니다. 그렇지만, 이렇게 적들이 에워싸고 있으니 뭘 어찌해 볼 수가 있겠습니까?"

의원님도 그분에 대해 알고 있었던 것입니다. 장군님은 노인에게 고맙다는 인사를 하고는 노인을 돌려보냈습니다.

---

*시의(侍醫)-궁중에서, 임금·왕족의 진료를 맡아보던 의사.

저녁이 되자 장군님은 민정대장을 따로 불렀습니다. 이렇게 앉아있을 수만은 없었던 것입니다.

그래서 장군님은 생각 끝에 민정대장을 부른 것입니다.

"민정대장, 지금 성안의 분위기가 어떤가?"

그렇게 말하는 장군님의 얼굴이 편해 보이지 않았습니다.

"예. 그게 그러니까, 좀."

그런데 민정대장은 장군님을 슬쩍 보다가 깜짝 놀랐습니

다. 아까부터 좀 이상하다는 생각이 들었는데, 지금 이렇게 가까이에서 보니까 확실한 것이었습니다. 말씀하시는 장군님의 입가에 붉은빛이 스며들고 있는 것이 보였기 때문입니다.

"장군님, 저- 혹시?"

장군님은 쓴웃음을 지으며 입술을 닦았습니다.

"허허, 이게 표가 났나? 자네는 괜찮은가?"

"예?"

민정대장은 깜짝 놀랐습니다. 설마 했지만, 장군님이 병에 걸린 것이었습니다. '자네는 괜찮은가?' 하고 묻는 것은 무슨 뜻이겠습니까? 그것은 장군님 자신은 병에 걸렸는데, 민정대장은 괜찮은지를 묻고 있는 것입니다. 그런데, 장군님마저 병에 걸리다니 이게 무슨 일이란 말입니까?

"아무한테도 말하지 말게."

"예? 아, 예."

놀라서 입을 다물지 못하고 있는 민정대장에게 장군님은 입 다물라며 다짐부터 먼저 했습니다. 장군님이 병에 걸렸다는 소문이 퍼지면 성안의 사람들 마음이 더 불안해질 것이고, 그게 더 큰 문제라고 생각했기 때문입니다. 장군님은 조금 전에 했던 말을 다시 꺼냈습니다.

"있는 대로 말해보게. 성안의 민심'이 어떤가?"

장군님이 따지듯이 말했습니다.

*민심(民心)-백성들의 마음. 국민의 마음

"네. 사실은 좀 안 좋습니다. 이대로 가다가는..."

장군님은 더 기다리고 있을 수 없다는 듯 민정대장의 말을 끊었습니다.

"그래서 말인데, 저 산 너머에 있다는 약령도사라는 분을 알고 있는가?"

"예? 아, 그분. 저도 말은 많이 들었습니다."

"못 고치는 병이 없다는데?"

"예, 임금님의 시의로 나가도 될만한 분이라고도 합니다. 그렇지만..."

"무슨 말인지 알겠네. 그렇다고 사람이 죽어가는데도 이대로 있을 수는 없네."

"네. 장군님."

"우리가 지금 이러고 있을 때가 아니네."

장군님의 목소리에는 절박함이 묻어났습니다. 민정대장도 이러고 있을 때가 아니라는 건 잘 알고 있었습니다. 무엇보다 장군님마저 병에 걸렸으니, 뭘 더 머뭇거리고 있을 수만은 없는 것입니다.

"네. 그런데, 온 사방에 적군들이 에워싸고 있어서..."

"그래서 하는 말인데."

장군님은 잠시 주변을 둘러보더니 말을 계속했습니다.

"몰래 사람을 내보낼 수 있도록 하게."

"네?"

"이대로 가다가는 큰일 나겠네. 적이 문제가 아니라 성안의 민심이 문제란 말이야. 병을 잡지 못하고 이대로 가게 되면 사람들의 불안한 마음 때문에, 무슨 일이 일어날지 몰라. 빨리 방법을 찾아보게. 민정대장의 할 일이 아닌가?"

장군님은 매우 급하다는 듯 그렇게 말했습니다.

"네? 네."

급한 마음은 민정대장도 마찬가지였습니다. 아니 장군님보다 더했습니다. 지금 이대로 가면 안 되는 것입니다. 장군님까지 병에 걸렸으니, 앞으로 어떻게 될지 모르는 일이 아니겠습니까? 어떻게 하든지 방법을 찾아내야만 하는 것입니다.

민정대장은 방법을 찾아보겠다며 물러 나왔습니다.

그런데 민정대장이 물러가고 나자 갑자기 의원님이 나타나는 것이었습니다. 부르지도 않았는데 나타나다니, 장군님은 무슨 일이냐고 물어보았습니다. 그런데 의원님은 뜻밖의 말을 하는 것이었습니다.

"장군님, 용서하십시오. 다 알고 왔습니다."

대뜸 용서하라니, 장군님은 처음에는 무슨 말인지 알아듣지 못했습니다. 그런데 말하는 것을 보니 민정대장에게서 무슨 말을 들은 것 같았습니다. 입 다물고 있으라고 했건만, 아프다는 것을 의원님에게 기어이 말한 것 같습니다.

"장군님, 민정대장은 말했습니다. 목숨을 내놓는 일이 있더라도 장군님이 병에 걸렸다는 것을 소인*에게는 말하지 않으면 안 되겠다고 했습니다. 의원으로 있는 저에게는 말해

*소인(小人)-윗사람에 대하여 자기를 낮추어 이르는 말.

야겠다고 했습니다."

말없이 보고만 있던 장군님이 입을 열었습니다.

"또 누가 알고 있소?"

의원님이 말했습니다.

"장군님, 어떻게 또 다른 사람이 알 수 있겠습니까?

절대로 모르는 일입니다. 결코, 다른 사람이 아는 일은 없을 것입니다. 의원이 몰라서야, 되겠습니까? 그러니, 용서하십시오."

장군님도 그제야 어쩔 수 없다는 듯, 입을 열었습니다.

"그래, 의원이 보기엔 어떻소? 아픈 사람 같아 보이오?"

"장군님, 얼굴이 좀 많이 상해*보입니다. 일 때문에 힘드

*상하다(傷하다)-건강이 좋지 않아 몸이 여위다

신 것 같습니다. 푹 좀 주무시고 또 식사도 거르지 말고*
잘 드셔야 합니다. 그리고 따뜻한 차도 자주 드시어 몸을 따
뜻하게 하셔야 합니다."

"고맙소. 앞으로 표가 나지 않도록 힘쓰겠소."

의원님은 따뜻한 차를 준비해 드렸고, 장군님이 식사를 제
대로 하도록 식당에도 특별히 당부했습니다.

장군님까지 병에 걸리면서, 이제 돌콩성은 위기에 빠지고
말았습니다. 무언가를 서두르지 않으면 안 되겠다는 생각에,
민정대장과 의원님의 고민은 깊어져만 갔습니다.

*식사도 거르지 말고-식사도 빼먹지 말고

콩이대장 성을 빠져나가다

　정말 큰일 났습니다. 적은 에워싸고 있는데, 장군님마저 병에 걸리다니 어떻게 해야 하겠습니까? 민정대장은 돌아 와서도 그 생각뿐이었습니다.

　'어떻게 하지? 날아갈 수도 없고. 그렇다고 해성강을 헤엄 쳐 갈 수도 없고.'

　해성강은 서문 밖에 흐르고 있는 강입니다. 그러다가 민정 대장은 문득 산속의 말갈 가족이 생각났습니다. 지금, 적의 초소를 지나, 돌콩성에 드나들 수 있는 사람은 그 말갈 가족 밖에 없습니다.

'아, 그렇다. 그 말갈 가족을 한번 만나
보자.'

그들을 믿을 수는 없지만,
어쨌든 한 번 만나기라도
해 봐야 할 것 같았습
니다. 그만큼 성안의
사정은 절박했습니다.

민정대장은 수문을
지키고 있는 책임자에게
말갈 가족이 나타나면 반드시 자기에게 먼저 연락하라고 했
습니다. 말갈 가족은 매일 올 때도 있지만 어떤 때는 며칠이
지나도 나타나지 않을 때도 있었습니다.

다행히 바로 다음 날 연락이 왔습니다.

그런데 그냥 만나도 되는지 모르겠습니다. 말갈 가족이 돌
콩성을 찾아올 때는 반드시 적의 초소를 거쳐야만 하는데,
만약 말갈 가족과 고구려군이 만났다는 것을 적이 알게 된
다면 어떻게 될까요? 그러니까 적이 의심할 만한 일을 해서

는 안 되는 것입니다.

　그래서 민정대장은 말갈 가족에게 죄를 뒤집어씌워서 잡
아들이기로 하였습니다. 일단 그렇게 해야 적의 의심을 받지
않게 될 것입니다. 뒤집어씌울 죄는 '돌콩성의 비밀을 알아
내려 했다.'라고 하는 것이 좋을 것 같았습니다.

　그렇게 하려고 하는 것은 그럴만한 일이 있었기 때문입니
다. 의심을 살만한 일이 있었던 것입니다.

　말갈 가족은 일을 마치면 그냥 돌아가야 합니다. 그런데,
어찌 된 셈인지 며칠 전에는 환자의 물건을 태웠던 그
자리를 찾아가서는 이것저것 살펴보고 있었던 것입니다. 그
러니까, 그것은 돌콩성의 비밀을 알아내려고 한 것이기 때문

에, 그것이 바로 죄가 된다는 것입니다.

사실 그것은 말갈 가족을 잡아들이기 위한 하나의 핑계에 지나지 않았습니다. 일단 그걸 핑계로 잡아들이자는 것이었습니다.

민정대장은 말갈 가족을 잡아들인 후 일단 그들을 감옥에 가두어버렸습니다.

적의 의심을 받지 않게 하기 위한 것이기도 하지만, 또 말갈 가족에게 돌콩성 사람들의 병든 모습을 보여주어서도 안 되기 때문이었습니다. 그만큼 조심해야만 되는 것이었습니다.

그러고는 아버지만 따로 불러냈습니다. 얼떨떨해하는 아버지를 안내하는 사람이 친절하게 맞아주며 안심시켰습니다.

민정대장도 웃으면서 말갈말로 말했습니다. 민정대장처럼 성안 사람들의 민정*을 살피는 사람들은 말갈말도 할 줄 알아야 합니다.

"사실대로 말해보시오. 저쪽 강가에는 무엇 하러 갔소?"

말갈 아버지는 깜짝 놀라 어쩔 줄 몰랐습니다. 그러자 옆에 있던 안내원이 말갈 아버지를 안심시켰습니다.

"괜찮소. 안심하시오. 나도 같은 말갈인이오. 괜찮으니, 사실대로 이야기하시오."

*민정(民政)-국민의 사정과 생활 형편

"그게 그러니까 우린 아무것도 모르고 있는데, 저쪽에서 우리에게 시킨 거요."

그러니까 적들이 시켜서 가 본 것이라는 말입니다.

"저들이 뭐라고 했소?"

"저기, 강가에서 무얼 태운 것 같은데, 그 시커먼 자리를 한번 둘러보고 오라고 했소."

그러더니 이번에는 말갈 아버지가 도로 물었습니다.

"정말이오?"

민정대장은 말갈 아버지를 한참이나 보고 있다가, 사실대로 말했습니다. 믿고 말해도 될 것 같다는 생각이 들었기 때문입니다.

"그렇소. 거기서 죽은 사람의 옷을 태웠소."

말갈 아버지는 눈이 둥그레지더니, 또 물었습니다.

"왜 그랬다는 말이오?"

민정대장은 속으로 아차 했습니다. 자칫 잘 못 하다가는, 성안에 병이 돌고 있다는 것을 말갈 아버지가 눈치챌지도 모르는 것입니다.

"가족들이 태워달라고 했던 것이오."

민정대장은 그렇게 둘러댔습니다. 그러고는 이대로 가다가는 안 되겠다 싶은지, 대뜸 죄를 뒤집어씌우는 것이었습니다.

"당신은 돌콩성의 비밀을 알아내려 했소."

"아니? 뭐라고요? 아니, 그게 아니요."

비밀이라니? 그저 한번 가서 본 것뿐인데. 말갈 아버지가

깜짝 놀라 어쩔 줄 몰라 했습니다. 그러자 안내원이 괜찮다며 안심시켰습니다. 민정대장도 그런 아버지를 다독거렸습니다.

"괜찮소. 당신은 숨기는 것 없이 말했으니까. 앞으로도 있

*다독거리다-남의 약점을 어루만져 따뜻이 감싸고 달래다.

는 그대로 숨김없이 지냅시다. 지금처럼."

"휴-."

말갈 아버지가 한숨을 내쉬었습니다. 민정대장이 다시 말했습니다.

"그래서 하는 말인데, 믿고 말해도 되겠소?"

말갈 아버지가 조심스럽게 말했습니다.

"무슨, 말인지?"

민정대장은 말갈 아버지에게 한 번 더 물었습니다.

"믿어도 되겠소?"

"네? 그렇소. 난 숨기는 것 없소."

"그렇소. 그래서 믿고 하는 말이오."

민정대장은 말없이 그의 눈을 바라봤습니다. 두 사람은 눈빛을 통해 서로의 마음을 읽어내려 했습니다. 말갈 아버지가 먼저 입을 열었습니다.

"도대체 무슨 일이오?"

민정대장은 조심스럽게 말을 꺼내었습니다.

"사람 하나를 저 산 너머로 데려다줄 수 없겠소? 대신에 잘해드리겠소."

말갈 아버지는 처음에는 이게 무슨 말인지 못 알아듣는 것이었습니다. 그러다가 안내원의 이야기를 듣고는 펄쩍 뛰었습니다. 그러고는 손으로 목을 긋는 시늉을 했습니다.

목숨이 위태롭다는 것이었습니다. 하긴 이 일은 목숨을 내놓아도 안 되는 일인지도 모릅니다. 민정대장도 그것이 그만큼 어렵고, 또 힘들다는 것을 잘 알고 있었습니다.

"일 년 치* 곡식과 함께, 앞으로는 성에 마음대로 드나들 수 있게 해 주겠소."

민정대장의 말에 말갈 아버지는 깜짝 놀랐습니다. 일 년 치 양식도 양식이지만, 정말 성에 마음대로 드나들 수 있다

*치-일정한 몫이나 양.

면, 이건 보통 일이 아닙니다. 평소엔 생각도 할 수 없는 그런 엄청난 일이었습니다. 말갈 아버지의 입에서 '음'하는 소리가 저절로 나왔습니다. 가슴을 쿵 하고 세게 얻어맞은 것 같이 보였습니다.

말갈 아버지는 한참이나 말없이 앉아있었습니다. 그렇지만 안 되는 것은 안 되는 것입니다. 아버지는 안타깝다는 듯 두 손으로 가슴을 쳤습니다.

안내원이 아버지에게 한 번 더 뭐라고 했지만, 아버지는 고개만 절레절레 흔들 뿐이었습니다. 말갈 아버지는 저녁이 다 되도록 두 손으로 머리를 싸매고 있었지만 어떻게 해볼 도리가 없는 것 같았습니다.

그러고 보니 말갈 가족이 성안에서 너무 오래 있었습니다. 일단 돌아가야 합니다. 민정대장과 말갈 아버지는 말을 맞추었습니다*. 아이들이 보고 있었기 때문에 성안으로 붙들려 온 것을 숨길 수는 없는 것입니다. 만약의 경우를 위해서 말을 맞추었습니다.

*말을 맞추다 -같은 말을 하기 위하여, 말의 내용을 같게 맞추다.

'며칠 전, 불탄 데를 둘러본 것 때문에 성안에 붙들려 들어갔다.'

'아이들은 옥에 갇혀 있었고, 아버지는 불려가서 혼이 났다.'

'앞으로 성에 오더라도 엉뚱한* 짓을 하면 물건을 못 바꾸어 가게 한다고 했다.'

'오늘 가지고 간 털은 빼앗기고 말았다. 좁쌀 조금만 받았다.'

이렇게 말을 맞추고는 정말 좁쌀만 조금 주었습니다. 뺏긴 것같이 하자고, 그렇게 하는 것이었습니다.

그렇게 해서 말갈 가족은 돌려보냈습니다.

*엉뚱하다-분수에 맞지 않게 지나쳐 좀 이상스럽다

말갈 가족을 보내고 난 뒤 민정대장은 아무래도 이 일은 될 수 없을 것 같다는 생각이 들었습니다.

그리고 말갈 가족에게 괜히 그런 말을 했나 싶은 게 꺼림칙하기도* 했습니다.

중요한 비밀을 말해버린 것 같아서 마음이 편치 못했던 것입니다. 그런데 다른 방법을 찾아야겠지만 머릿속은 혼란스럽기만 한 것이, 그냥 주저앉고 싶을 뿐이었습니다.

다만 한가지 마음이 놓이는 것이 있다면, 돌콩성에 병이 들었다는 것을, 적이 아직 모르고 있다는 것이었습니다. 그리고 적들은 아직 쳐들어올 생각이 없는지 조용하다는 것이었습니다. 이것은 민정대를 몰래 보내 확인한 것입니다.

그래서 그나마 좀 안심이 되었습니다.

그렇지만 이 위기를 뚫고 나갈 방법이 없다는 사실에 마음이 답답하기만 했습니다.

그런데 다음날 뜻밖에도 안내원에게서 연락이 왔습니다.

*꺼림칙하다-마음에 걸리는 구석이 있어 느낌이 썩 편안하지 못하다

말갈 가족이 민정대장님을 만나고 싶다는 것이었습니다. 웬일일까? 역시 어제처럼 감옥에서 만났습니다.

그런데 말갈 아버지는 뜻밖의 말을 꺼내는 것이었습니다.

"밤새워 생각해 보았소."

말갈 아버지는 그렇게 말해놓고는 민정대장의 눈치를 보고 있었습니다. 그러더니 다시 어렵게 말을 꺼내는 것이었습니다.

"아이는 안 되겠소?"

"뭐라고? 아이?"

민정대장은 깜짝 놀라 안내원을 보았습니다.

"아이는 될 수 있을 것 같다고 합니다."

안내원이 그렇게 말했습니다.

"응? 아이는 된다고?"

그러자 안내원이 다시 민정대장의 귀에 대고 말했습니다.

"자기 아들과 바꿔치기하면 된다고 합니다."

"응? 뭐라고? 바꿔치기한다고?"

민정대장은 얼른 이해가 안 된다는 듯 안내원과 아버지를 번갈아 보다가 다시 말했습니다.

"그러니까 자기 아들 대신에 다른 애를 내보낸다?"

"네. 그렇습니다."

전혀 생각지도 못한 일입니다. 민정대장은 말갈 아버지를 바라보았습니다. 어제 말한 그 조건이 마음에 들었는지 말갈 아버지는 밤새 온갖 생각을 다 해본 것 같았습니다.

'음. 아이를 내보낸다. 아들 대신에 다른 아이라? 그게 가능할까?'

어찌 보면 기막힌 생각 같기도 합니다. 하지만 민정대장은 미처 생각도 못 해본 일이라 망설여졌습니다.

"저기 저 아들 말이군."

나이는 콩이대장 또래 정도로 보였습니다. 안내원의 말로는, 아들은 말을 더듬는다고 했습니다. 그래서 평소에는 남들과 말도 잘 안 하는 편이라, 적들도 아들은 거들떠보지도 않는다고 했습니다.

'아이라. 어떨지 모르겠네.'

민정 대장은 내일 다시 만나기로 하고 말갈 가족을 일단 돌려보냈습니다.

민정대장은 많은 생각으로 머리가 복잡해졌습니다.

그런데 어찌 되든지 간에 장군님을 만나 이야기는 해보아야 할 것 같았습니다.

"장군님. 지금 저기 약령도사에게 사람을 보내는 것은 아무래도 어려울 것 같습니다."

민정대장은 이 일이 쉽지 않다는 것을 먼저 말하고 싶었습니다.

"뭐라고? 그렇게 방법이 없나? 그럼 포기*해야 한단 말

*포기(抛棄)-하던 일을 도중에 그만두어 버림

인가?"

　장군님의 눈치를 보던 민정대장은 속에 담고 있던 이야기를 꺼냈습니다.

　"장군님. 아이는 안 되겠습니까?"

　"뭐라고? 아이? 아이는 웬 아이?"

　장군님은 무슨 말이냐는 듯 민정대장을 보았습니다.

　"저-, 말갈 가족 알고 계시지요?"

　"응? 말갈 가족? 그래. 알고 있지."

　"지금 적의 초소를 제대로 지나다닐 수 있는 사람은 그 말갈 가족밖에 없습니다. 그래서 그 말갈 가족 아버지를 한번 만나봤습니다."

　민정대장은 잠시 장군님을 바라보다가 말을 계속했습니다.

　"아이는 안 되느냐고 합니다. 자기 아들과 바꿔치기하면 된다고."

　"뭐? 아이를 바꿔치기한다고?"

　"예."

　"아이라-, 아이가 그런 일을 해낼 수 있나?"

　장군님은 잠시 생각에 잠겼습니다.

그런데 민정대장은 한번 해볼 만하다는 듯이 말했습니다.

"좀 위험하기는 합니다만, 잘하면 가능할 것 같기도 합니다. 그 아들은 말을 더듬는다고 합니다. 그래서 그런지 적의 보초들도 그 아들은 건드리지 않는다고 합니다."

그러나 장군님은 민정대장의 말을 끊었습니다.

"이런 일은 어른도 하기 힘든 일이야. 그만큼 똑똑하고 또 대담해야* 한단 말이야."

"좀 위험하기는 하지만 할 수 없는 것은 아니라고 생각합니다."

"그렇지만."

*대담하다-담력이 크고 용감하다

장군님은 그렇게 썩 내키지는 않는 모양입니다.

그런데 민정대장은 이제 머뭇거리고 있을 수만은 없다고 생각했습니다. 장군님까지 병이 든 마당에 무엇을 망설인다는 말입니까?

"우리에게는 콩이 부대가 있지 않습니까?"

"콩이 부대? 그래 그 콩이 부대가 뭘 어쩌겠다고?"

"네. 콩이 부대에는 콩이대장이 있지 않습니까?"

"응? 뭐라고? 콩이대장?"

장군님은 한참이나 말없이 보고만 있었습니다.

"아니, 자네 지금, 콩이대장이라고 했나? 그럼, 콩이를 보내자는 말인가?"

갑자기 장군님의 목소리가 높아지는 것 같았습니다. 민정대장이 무엇을 말하려는지를 알아챈 것입니다. 장군님이 갑자기 화를 내는 바람에 민정대장은 그만 입을 다물고 말았습니다.

"이보게, 지금 그걸 말이라고 하고 있는가? 양 무관*이 전사했을 때 난 그 아이를 책임지고 보살펴 주겠다고 다짐

*무관(武官)-군에 적을 두고 군사 일을 맡아보는 관리. 장교.

한 사람이네. 다행히 별 탈 없이 잘 자라서 지금은 의젓한 콩이부대 대장이 되었고. 이렇게 잘 자라준 것만으로도 고마운데, 뭐 그런 위험한 일을 시키겠다고?"

장군님은 말을 끊었다가 민정대장을 쏘아보았습니다. 장군님은 단단히 화가 난 것 같았습니다.

"난 그 애를 전쟁에서 보호해 주겠다고 굳게 다짐한 사람이야. 그런데 그런 위험한 일을 시키겠다고?"

양 무관은 콩이대장의 아버지입니다.

양 무관은 콩이대장이 어렸을 때, 돌격대장으로 앞장서서 싸우다가 안타깝게도 전사하고 말았습니다. 장군님은 그런 콩이대장을 책임지고 잘 돌보아 주어야겠다고 다짐했던 것입니다. 콩이대장도 장군님을 할아버지처럼 잘 따랐고, 덕분에 기죽지* 않고 씩씩하게 자라났습니다. 장군님은 어떤 일이 있더라도 콩이대장을 아무 탈 없이 잘 자라도록 해 주어야겠다고 생각하고 있었던 것입니다.

그런 콩이대장을 위험한 일에 내보내겠다니, 그건 말도 안 된다는 소리입니다.

민정대장은 장군님이 이렇게까지 화를 내실 줄은 몰랐습니다. 장군님은 아직도 화가 풀리지 않는 모양입니다.

"어떻게 콩이대장을 보낼 생각을 한단 말인가?"

장군님의 눈치를 보던 민정대장은 머뭇거리면서 말했습니다.

"그럼 다른 아이라도…"

민정대장은 그렇게 말하다가 오늘은 그만 나가는 게 좋겠다고 생각했습니다. 그래서 꾸벅 인사를 하고는 슬그머니 빠져나오고 말았습니다.

그런데 문밖을 나서는 순간 민정대장은 깜짝 놀라 걸음을 멈추고 말았습니다.

*기죽다(氣죽다)-기세가 꺾여 약해지다.

뜻밖에도 거기에는 콩이대장이 서 있었던 것입니다. 앗, 이것 큰일 났습니다. 콩이대장이 거기에 있다니, 이게 어떻게 된 일입니까? 민정대장은 장군님 쪽으로 흘깃 눈길을 보내면서 말했습니다.

"왜 여기? 너 언제부터 여기 있었던 거야?"

"저-, 장군님이 화가 많이 나신 것 같아서 들어가지 못하고 있었어요."

"응? 그럼?"

민정대장은 콩이대장이 뭘 얼마나 들었는지 그게 더 궁금했습니다.

"제 이야기 같던데…"

다 들었던 것 같습니다. 그러니까 장군님의 화난 목소리에 걸음을 멈추게 되었고, 그래서 결국은 다 듣게 된 것입니다.

"아무것도 아냐."

민정대장은 아무것도 아니라는 듯 말했습니다. 그렇게 할 수밖에 없었습니다.

"아니, 콩이대장 아니냐? 왜 그렇게 하고 있어? 어서 들어와."

장군님도 아무 일 없다는 듯 그렇게 말했습니다.

"그래. 콩이대장. 장군님께 뭐 좀 의논드릴 게 있었는데, 하지 않기로 했어. 콩이대장하고는 관계없는 일이야."

민정대장은 얼른 그렇게 얼버무렸습니다.

그런데 그때였습니다. 콩이대장이 갑자기 뭐라고 하는 것이었습니다.

"장군님. 저는 비겁한* 사람이 되고 싶지는 않습니다."

그러더니 느닷없이 장군님 앞에 무릎을 꿇는 것이 아니겠습니까?

*비겁하다(卑怯하다)-하는 짓이 정당하지 못하고 야비하다.

장군님이 깜짝 놀라 일어섰습니다.

"얘야. 네가 왜 비겁한 사람이란 말이냐?"

"다 들었습니다. 제가 필요한데 위험해서 보낼 수 없다고 하시는 말씀을. 장군님, 만약 제가 가지 않고 다른 친구를 보낸다면 저는 비겁한 사람이 됩니다. 저를 비겁한 사람으로 만들지 말아주십시오."

장군님은 깜짝 놀랐습니다. 이야기를 들켰다는 것이 문제가 아니라 콩이대장의 어른스러운 말에 더 놀랐던 것입니다. 이 아이가 언제 이렇게 컸나 싶은 게 놀라지 않을 수 없었습니다. 귀여운 콩이가 아니라, 이제 고구려 남자가 다 되어

가고 있었던 것입니다.

장군님은 콩이대장의 그 어른스러운 모습이 놀랍기도 했지만, 또 한편으로는 든든하기도 했습니다. 그리고 콩이대장이 이렇게 말하는데도, 이 일을 적당히 얼버무리고 말아서는 안 된다는 생각이 들었습니다.

장군님은 콩이대장의 두 손을 잡고 일으켜 세웠습니다.

"그래. 잘 알겠다. 다시 한번 생각해 보마."

장군님은 콩이대장의 등을 몇 번이고 쓰다듬어 주었습니다. 옆에서 보고 있던 민정대장도 가슴을 쓸어내렸습니다.

그제야 안도*의 한숨을 내쉴 수 있었던 것입니다.

*안도(安堵)-어떤 일이 잘 진행되어 마음을 놓음.

콩이대장을 돌려보내고 난 뒤, 민정대장과 장군님은 머리를 맞대고 이 일에 대해 의논하고 또 챙겨 보고 있었습니다.

"결국은 어떻게 하면 적의 초소를 무사히 통과*하느냐 하는 것이 제일 큰 문제일세."

"예. 여러 가지 경우를 생각해서, 어떠한 경우에라도 안전하게 돌아올 수 있게 하도록 하겠습니다. 만약의 경우에는 맡은 일을 제대로 하지 못하더라도 콩이대장은 무사히 돌아오게 할 것입니다."

그렇게 해서 약령도사에게 갔다 오는 일은 결국 콩이대장

*통과(通過)-어떤 곳을 거쳐서 지나감.

이 맡게 되었습니다.

장군님은 걱정이 많았습니다. 비록 콩이부대 대장이긴 하지만, 그래도 그런 일을 하기에는 아직 어린 나이입니다. 그리고 뭔가 좀 더 조심스럽게 해나가야 했지만, 그러기에는 성안의 사정이 너무 급했습니다.

다음날 말갈 가족과 콩이대장 일행이 조용한 곳에서 만났습니다. 말갈 아버지에게는 사람이 아파서 약령도사를 찾아간다고 했습니다. 그리고 그 외의 일은 서로 묻지 않고 모르는 척하기로 했습니다.

그런데 제일 중요한 것은 아들과 콩이 대장을 바꿔치기하는 것이었습니다. 즉 콩이대장을 말갈 아들과 똑 같이 만들어야만 하는 것입니다.

걸음걸이, 말하는 것, 또 좁쌀이 들어 있는 자루를 들고 서 있는 모습이며, 사람을 볼 때는 똑바로 보지 않고 고개를 숙인 채 비스듬히 힐끗 쳐다본다는 것 등, 챙겨 보고 익혀야 할 것이 많았습니다.

그리고 말갈족들은 겨울에 얼굴이나 몸에다 돼지기름을

바른다는 것도 잊어서는 안 되는 것이었습니다. 마지막으로 옷도 바꿔 입었습니다.

옷이 너무 달라서 그런지 옷을 바꿔 입고 나니까 사람도 바뀐 것 같았습니다.

아들보다 콩이대장의 키가 조금 더 컸지만, 따로 떼어놓고 보니 별로 표가 나지를 않아 보여서 다행이었습니다.

거기에다, 여동생은 오빠의 얼굴에 흐르는 땟자국* 같은 것도 놓치지 않고 비슷하게 해주었습니다. 그리고 먼지 묻은 손으로 콩이대장의 머리카락을 마구 흩어 버리는 것이었습니다. 그것뿐만이 아니라, 얼굴에 돼지기름 바르는 것도 빼놓지 않았습니다.

*땟자국-때가 섞인 물기가 꾀죄죄하게 마른 자국

오빠보다 두 살 어린 여동생은 오빠와는 달리 싹싹하고 명랑해 보였습니다. 이름은 '랑랑'이라고 했습니다.

자, 이제 늦기 전에 출발해야 합니다. 적군들이 눈치채지 못하도록 살짝 나가서, 북쪽 산 위에 있는 적군의 초소를 지나가야 합니다. 아버지와 딸이 앞서고 아들은 언제나처럼 뒤따라가기만 하면 됩니다. 오늘은 적군의 초소에 소금을 조금 주기로 했습니다.

이윽고 초소에 다다랐습니다. 아버지가 먼저 들어가고, 랑랑이 뒤를 따랐습니다. 콩이대장은 랑랑의 오빠인 척하며 좁쌀 자루를 들고 초소 밖에 서 있었습니다. 마음이 두근두근 뛰고 손에 땀이 났지만, 들키지 않으려고 최대한 태연한 척했습니다.

"오빠, 그거 나 줘."

랑랑이 들어가다 말고, 그렇게 말했습니다.

콩이대장은 떨리는 손으로 좁쌀 자루를 건네주었습니다.

랑랑은 자루를 받아들고 초소 안으로 들어갔습니다. 그 순간 콩이대장은 모든 적군이 자신을 쳐다보고 있는 것 같아 심장이 쿵쾅거렸습니다. 들킬까 봐 속이 타들어* 가는 느낌이었습니다.

만약 문제가 생긴다면 콩이대장은 곧바로 달아날 준비가 되어 있었습니다. 민정대 대원들이 근처 어딘가에 숨어서 이 모습을 지켜보고 있다는 것을 콩이대장은 알고 있습니다.

*속이 타다-걱정이 되어 마음이 달다

아버지도 혹시 어떻게 될까 봐, 곁눈질로 보고 있었습니다. 다행히도 아무 일도 일어나지 않았습니다. 초소 병사들은 의심하지 않고 그들을 통과시켜 주었습니다.

콩이대장은 그제야 가슴을 쓸어내리며 한숨을 내쉬었습니다. 모두가 안도하며 서로를 바라보았습니다.

이제부터는 말갈 가족 집으로 가서 하룻밤을 지낸 다음 내일 아침 일찍 산속을 향해 출발해야 합니다. 거기까지가 말갈 가족이 책임지고 해 주어야 할 일입니다.

그날 해 질 무렵이 되어서야, 은둔산 골짜기 말갈 가족 집에 도착하게 되었습니다.

말갈 가족의 집은 동굴 속 움막집*이었습니다.

랑랑이 부엌으로 나가서 저녁을 준비했습니다. 모처럼 손
님이 왔다고 아껴둔 쌀을 꺼냈고, 거기에다 잡곡을 조금 섞
었습니다. 반찬은 말려둔 고기를 꺼내와 볶았습니다.
간단하지만 맛있는 저녁이었습니다.

*움막집-땅을 파고 그 위에 나무나 풀로 덮어 만든 집.

약령도사를 찾아서

다음 날, 랑랑은 아침 일찍부터 서두르고 있었습니다. 길을 안내해주겠다는 것이었습니다. 콩이대장은 그럴 필요 없다고 했지만, 랑랑은 아는 데까지만이라도 가르쳐주겠다며, 그렇게 서두르고 있었습니다.

랑랑은 혹시 모른다며 활과 칼 한 자루도 챙겨주었습니다. 언제 준비했는지 어깨끈 달린 대나무 물통도 콩이대장에게 내밀었습니다, 다른 건 몰라도 물은 꼭 있어야 한다면서. 그리고 지팡이도 하나 내밀었습니다. 산속 길을 가자면 필요할 거라고 했습니다. 그러고 보니 깊은 산속의 도사님을 찾아간다면서도 콩이대장은 아무 준비도 되어 있지 않았습니다.

하긴 오빠처럼 변장*하고 나와야 했으니, 그럴 수밖에 없기는 했습니다. 콩이대장은 주머니 속에 있던 머리띠를 꺼내 단단히 묶었습니다. 머리띠라도 묶고 나니 한결 힘이 나는 것 같았습니다.

두 사람은 발걸음을 재촉했습니다. 오늘 중으로, 갔다 와야 합니다. 한시가 급했습니다. 랑랑의 걸음이 빨라졌습니다.

아버지와 오빠를 따라다니던 발걸음이었습니다. 아니 산토끼를 쫓아가던 실력이기도 했습니다.

*변장(變裝)-본디 모습을 알아볼 수 없게 옷차림이나 얼굴·머리 모양 따위를 다르게 꾸밈.

그래서 그런지, 랑랑은 조금도 숨이 차거나 힘들어하지 않았습니다. 콩이대장은 랑랑에게 질세라 걸음을 서둘렀습니다. 처음엔 이까짓 것 하면서 대수롭잖게' 생각했는데 그게 아니었습니다. 계속 그렇게 빠른 속도로 가자니 얼마 못 가서 숨이 차기 시작한 것이었습니다. 랑랑은 콩이대장이 따라오건 말건 돌아보지도 않았습니다.

얼마나 갔을까? 드디어 랑랑이 걸음을 멈추었습니다. 콩이대장이 겨우 따라와 섰습니다. 해 뜨기 전에 출발했는데 해가 벌써 머리 위에 와 있었습니다. 바삐 오느라 모르고 있었지만, 시간이 꽤 흐른 것입니다. 이러다가는 오늘 중으로 일을 마치고 돌아올 수 없을 것 같아서 걱정입니다.

"오빠, 저쪽으로 저 산모퉁이를 돌아가면 깊은 골짜기가 나온대. 사람들은 그 골짜기를 '하늘문 골짜기'라 하는데, 그 골짜기를 따라 끝까지 올라가야 도사님을 만날 수 있다고 해. 우리도 저쪽으로는 아직 한 번도 가 보지는 못했어. 저기는 아무나 들어갈 수는 없어."

그런 다음에 랑랑은 뒤도 돌아보지 않고 왔던 길로 돌아

*대수롭지않다-별 대단한 것이 아니다.

가 버리는 것이었습니다.

콩이대장은 랑랑이 왜 그러는지 알고 있었습니다. 아무리 빨리 가도 돌아올 때는 결국 밤길을 걷게 될 것이니, 서두르라는 것이었습니다.

콩이대장의 발걸음이 빨라졌습니다. 골짜기 입구에 들어서니 다음과 같은 글이 붙어있었습니다.

'하늘문 골짜기로 들어오는 자, 무기를 내려놓아야 한다.'

콩이대장은 메고 있던 활과 칼을 끌러 나무에 걸어 놓았습니다.

조금 가다 보니 문이 하나 나타났습니다. '용기의 문'이라는 간판이 붙어있었습니다.

콩이대장은 떨리는 마음을 안고 문 앞으로 다가갔습니다.
'여기를 지나가야만 약령도사에게 갈 수 있어.'
콩이대장은 스스로 용기를 불어넣으며 문을 열었습니다.
하지만 문 안으로 들어서자, 그의 눈 앞에 펼쳐진 광경에 콩이대장은 순간 멈칫하고 말았습니다. 험상궂게 생긴 사람들이 무리*를 지어 서 있었고, 그들은 모두 매서운 눈빛으로 콩이대장을 노려보고 있었습니다. 금방이라도 콩이대장에게 달려들 것만 같은 분위기였습니다.

*무리-여럿이 모인 한패의 사람들

"여기가 어디라고 함부로 들어오는 거냐? 이곳은 용기 있는 자만이 들어올 수 있는 곳이다. 그렇지 않으면 당장 물러가거라!"

그들 중 한 사람이 큰소리로 외쳤습니다. 그는 등에 다섯 자루의 칼을 차고, 손에는 커다란 활을 들고 있었습니다. 그 무서운 모습에 콩이대장의 심장이 마구 뛰기 시작했습니다.

콩이대장은 겁이 나서 다리가 떨렸지만, 여기서 물러나면 돌콩성에 있는 사람들을 구할 수 없다는 생각에 버티고 서 있었습니다.

'여기서 포기할 수 없어. 나는 끝까지 가야 해.'

콩이대장은 마음을 다잡고* 용기를 냈습니다.

*다잡다-들뜬 마음을 가라앉혀 바로잡다.

"난 돌콩성의 콩이대장입니다. 약을 구하러 가는 길이니, 제발 길을 비켜주십시오."

목소리가 떨리고 있었지만, 콩이대장은 절대 물러설 수는 없다는 생각에, 그렇게 버티고 있을 수밖에 없었습니다.

"요것 봐라. 쥐새끼 같은 녀석이, 얻다' 대고 큰소리야?"

그들은 콩이대장의 말에 우습다는 듯 비웃고 있었지만, 콩이대장은 포기하지 않았습니다.

"난 무기도 없는 어린아이입니다. 어른들이 무기 하나 없는 아이에게 이렇게 해도 되겠습니까?"

콩이대장은 용기를 잃지 않으려고 애쓰며 말했습니다.

그러자 그들은 잠시 서로를 쳐다보며 당황한 듯 보였습니다. 콩이대장은 그 틈을 놓치지 않고 성큼성큼 앞으로 걸어 나갔습니다.

"서라! 그 자리에 서지 않으면 쏜다!"

뒤에서 고함치는 소리가 들렸습니다. 심장은 또다시 쿵쾅거렸지만, 콩이대장은 절대 뒤돌아보지 않았습니다.

"진정한 고구려 사람이라면 등 뒤에서 활을 쏘지는 못할

*얻다-'어디에다'의 준말.

것입니다."

콩이대장은 용기 내어 앞으로 계속 걸어갔습니다.

고구려에서는 비겁하게 등 뒤에서, 등을 향해 활을 쏘는 일이 없다는 걸 믿으면서…

"어라! 저 녀석 봐라."

그들은, 어이없다'는 듯 콩이대장을 바라보았지만, 이상 더 막을 수는 없었습니다.

이렇게 해서 콩이대장은 무사히 '용기의 문'을 통과했습니다. 콩이대장은 마침내 긴 숨을 내쉬며 안도의 한숨을 내쉬었습니다.

＊어이없다-일이 너무 뜻밖이어서 기가 막히다. 어처구니없다

그러나 콩이대장은 알고 있었습니다. 약령도사를 찾아가는 길은 아직도 멀고, 쉽지 않을 것이라는 사실을...

조금 더 가다 보니 또 다른 문이 나타났습니다. 이번에는 '지혜의 문'이라고 쓰여 있었습니다.

콩이대장은 호기심* 반, 두려움 반으로 문을 열고 들어섰습니다. 안으로 들어가자, 넓은 마당 한가운데에 커다란 나무 한 그루가 서 있는 것이 보였습니다. 그런데 이상하게도, 주변에는 아무도 보이지 않았습니다.

그때 갑자기 어디선가 꼬부랑 할머니 한 사람이 나타났습니다. 할머니는 작은 눈을 반짝이며 이상한 웃음을 지었습니다.

"이 히히히, 여긴 '지혜의 문'이다. 내가 내는 문제를 풀지 못하면 넌 영원히 내 심부름꾼이 되어 살아야 해. 그래도 하겠느냐?"

콩이대장은 두려움이 밀려왔지만, 마음을 다잡고 대답했습니다.

*호기심(好奇心)-새롭고 신기한 것을 좋아하는 마음

"예, 하겠습니다."

"이 히히히, 겁 없는 녀석이로구나. 그럼 문제를 내겠다. 몸뚱이 하나에 머리 하나만 달린 것이 무엇이냐?"

이 문제는 콩이대장에게 너무 쉬웠습니다. 그는 자신 있게 대답했습니다.

"콩나물입니다."

할머니는 콩이대장의 대답에 놀라며 웃음을 터뜨렸습니다.

"흐흐흐, 요것 봐라! 콩나물을 어떻게 알았지?"

하지만 그 웃음 속에는 무언가 꿍꿍이*가 있는 듯했습니다.

＊꿍꿍이-남에게 드러내지 않고 혼자 속으로 우물쭈물하는 궁리

"후후후, 그건 연습이었지. 이제 진짜 문제를 내겠다. 저 마당에 있는 큰 나무 보이지? 그리고 저 위, 높은 나뭇가지에 까마귀 한 마리가 앉아있는 게 보이지?"

콩이대장은 나무 꼭대기에 까마귀 한 마리가 앉아있는 것을 보았습니다.

"저 까마귀를 쫓아내 다오. 저 녀석이 매일 저 나뭇가지에 앉아서 내 우물에 똥을 싼단 말이야. 저걸 좀 쫓아내서 다시는 똥을 싸지 못하게 해야 해. 아유, 저 녀석 때문에 내가 못 살겠어!"

문제가 좀 이상했습니다.

그러고 보니, 우물로 까마귀 똥이 떨어지고 있었습니다.

콩이대장은 고개를 들어 위를 올려다보았습니다. 어떻게

해야 저 까마귀를 쫓아낼 수 있을지 막막했습니다. 그때 할
머니가 두르고 있는 머리띠가 눈에 들어왔습니다.

"할머니, 그 머리띠 좀 빌려주세요."

"응? 내 머리띠? 왜 남의 머리띠를 달라고 하는 거냐?"

할머니는 그러면서도 머리띠를 풀어 콩이대장에게 주었습
니다. 콩이대장은 그 머리띠를 반으로 접어 물풀매*를 만들
었습니다. 그리고 알맞은 돌을 하나 골라서 반으로 접힌 곳
에다 집어넣었습니다. 그러고는 윙윙 돌리기 시작했습니다.

그런데, 할머니가 깜짝 놀라 소리를 질렀습니다.

"안 돼. 죽이면 안 돼. 쟤는 내 동생이란 말이야."

*물풀매-반으로 접어서, 그 접힌 부분에 돌을 넣고 던지는 끈.

"예? 뭐라고요?"

콩이대장은 돌리던 물풀매를 멈추고 놀라서 할머니를 보았습니다.

"내 동생을 죽이면 안 돼! 그냥 쫓아내기만 해 다오."

콩이대장은 머릿속이 복잡해졌습니다. 죽이거나 다치지 않게 할 수는 있지만, 문제는 까마귀가 쉽게 쫓겨날 것 같지 않다는 것이었습니다. 그 까마귀는 할머니를 믿고 쉽게 물러서지는 않을 것 같았기 때문입니다.

콩이대장은 잠시 고민하다가 결심한 듯 고개를 끄덕였습니다.

"알았어요."

콩이대장은 물풀매를 다시 돌리기 시작했습니다. 이번에는 돌멩이를 힘껏 날려 보냈습니다.

"딱!"

"깍!"

요란한 소리가 나며 까마귀가 나무에서 떨어졌습니다.

할머니는 소리를 질렀습니다.

"아 구구구, 쟤 죽네! 쟤가 죽으면 널 가만두지 않을 거야!"

하지만 그 순간, 떨어지던 까마귀가 갑자기 날개를 퍼덕이며 날아올랐습니다. 그리고는 할머니의 손등 위에 앉았습니다.

"아니? 너 괜찮니?"

할머니가 걱정스러운 목소리로 물었습니다.

"응, 나 괜찮아. 그런데 언니, 나 아직 응가 다 못했어. 응가 하고 싶어."

"응, 그래. 다친 데는 없어? 안 다쳤으면 됐다. 가서 볼일 보아라."

까마귀는 응가를 하려고 다시 날아올랐습니다. 그런데 이번에는 나뭇가지를 찾지 못하고 허둥댔습니다. 자세히 보니 그 나뭇가지는 이미 땅바닥에 떨어져 있었습니다. 콩이대장이 날린 돌멩이가 나뭇가지를 부러뜨려 버린 것이었습니다

까마귀는 난리가 났습니다.

"아 구구구, 난 어떡해? 내 화장실이 없어졌어!"

하지만 할머니는 오히려 흐

못해하며 말했습니다.

"이젠 됐다! 내 우물에 똥 쌀 일은 없겠구나."

그러자 이번에는 콩이대장이 물었습니다.

"저 이제 가도 되지요?"

할머니는 콩이대장을 바라보며 말했습니다.

"그 참, 참으로 희한한* 녀석이로구나. 그래, 가도 좋아. 통과!"

그렇게 해서 콩이대장은 '지혜의 문'을 통과할 수 있었습니다. 콩이대장은 안도의 한숨을 쉬며 발걸음을 서둘렀습니다. '지혜의 문'을 지나오는데, 시간이 너무 많이 걸렸기 때

*희한하다(稀罕하다)-매우 드물거나 신기하다.

문이었습니다.

　저 앞에 또 하나의 문이 나타났습니다. 문에는 '마음의
문'이라는 간판이 달려 있었습니다.
　'마음의 문'?

　콩이대장은 그 말이 무슨 뜻인지 궁금해하면서도 두려움
이 살짝 밀려왔습니다. '거짓말하면 안 된다는 것일까? 아니
면 진심'을 시험하는 걸까?' 콩이대장은 조심스럽게 문을
열고 안으로 들어섰습니다.

*진심(眞心)-거짓이 없는 참된 마음.

문 안으로 들어서자, 뜻밖에도 하얀 수염을 길게 기른 백발노인이 앉아있었습니다. 그리고 그 옆에는 커다란 호랑이 한 마리가 콩이대장을 노려보며 앉아있었습니다.

콩이대장은 깜짝 놀라 몸이 굳어지는 것 같았습니다. 심장이 빠르게 뛰기 시작했습니다.

"여기에는 어쩐 일인가?"

백발노인의 우렁찬* 소리가 쩌렁쩌렁 울렸습니다.

"예. 저는 돌콩성의 병든 백성들을 구하기 위해 약을 구하러

왔습니다."

콩이대장은 떨리는 목소리로 간신히 대답했습니다.

"허허, 여기는 아무나 들어오는 곳이 아니야. 목숨을 내놓

*우렁차다-소리가 크고 힘차다

을 정도로 간절한 마음을 가진 자만이 지나갈 수 있는 곳이
지."

백발노인은 호랑이를 쓰다듬으며 우렁찬 목소리로 말했습
니다.

콩이대장은 그제야 '마음의 문'이라는 말의 의미를 조금은
알 것 같았습니다. 이곳을 통과하려면 정말 간절한' 마음을
가져야만 한다는 뜻이었습니다.

"예. 간절한 마음으로 말씀드립니다. 돌콩성 사람들의 약을
구할 수만 있다면, 무엇이든지 하겠습니다."

콩이대장은 가슴이 떨려왔지만, 용기를 내서 그렇게 대답
했습니다.

그러자 백발노인은 콩이대장을 바라보며 물었습니다.

"허허, 그래? 네 마음이 그렇게 간절하다면, 이 호랑이 꼬
리를 밟고 지나갈 수 있겠는가?"

"예?"

콩이대장은 깜짝 놀랐습니다.

'호랑이 꼬리를 밟고 지나가라니, 이게 말이 되는 걸까?'

*간절하다(懇切하다)-무엇을 바라는 마음이 지성스럽고 절실하다

콩이대장은 호랑이를 바라보며 두려움에 몸이 떨렸습니다.

"왜? 약을 구하겠다는 마음이 그렇게 간절하다더니, 그게 아니란 말이로구나."

백발노인은 그 보란 듯이 말했습니다.

"아니, 아닙니다. 하겠습니다."

콩이대장은 꼭 해내고야 말겠다는 마음으로, 백발노인에게 그렇게 말했습니다.

'여기서 물러설 수는 없어. 돌콩성 사람들을 구해야 해.'

콩이대장은 마음을 다잡으며 속으로 생각했습니다.

'마음의 문'이라더니, 진정으로 간절한 마음을 가진 사람만이 지나갈 수 있다는 뜻이구나.

콩이대장은 떨리는 다리를 억지로 움직이며 한 걸음을 내디뎠습니다. 한 걸음, 또 한 걸음. 점점 호랑이에게 가까워질수록 그의 심장은 더욱 쿵쾅거리고 있었습니다.

'약을 구할 수만 있다면, 무엇이든 할 수 있어!'

콩이대장은 스스로 격려*하며 마지막 한 걸음을 남겨두었습니다. 두 눈을 질끈 감고 주춤거렸습니다.

그리고 오른발을 들어 올리려 하는데, 그 순간 갑자기 펑!

*격려(激勵-마음이나 기운을 북돋우어 힘쓰도록 함.

하는 소리가 크게 울렸습니다. 콩이대장은 너무 놀라 그만 뒤로 넘어지고 말았습니다.

그때 어디선가 따뜻한 목소리가 들려왔습니다.

"어린아이에게 이 무슨 짓인가? 당장 멈추어라."

콩이대장은 그 소리에 깜짝 놀라 고개를 들어 보았습니다.

그런데 이게 어떻게 된 일일까요? 호랑이도, 백발노인도 모두 사라져 버리고 없었습니다. 그저 조용한 마당만이 눈앞에 펼쳐져 있었습니다.

"아니? 이게 어떻게 된 일인가? 내가 뭘 잘못 본 것일까?"

콩이대장은 아무리 둘러보았지만, 그 백발노인과 호랑이는 흔적도 보이지를 않았습니다.

그런데 분명한 것은 이제 콩이대장을 막아서는 것은 아무 것도 없다는 것이었습니다.

이렇게 해서 콩이대장은 마지막 관문* '마음의 문'을 통과할 수 있게 되었습니다. 콩이대장은 가슴을 쓸어내리며**, 다시 길을 재촉했습니다.

*관문(關門)-어떤 곳을 가려면, 반드시 지나야 하는 중요한 문이나 길목.
**가슴을 쓸어내리다-곤란한 일이나 걱정 따위가 해결되어 마음을 놓다.

도사님의 약 처방

드디어 저 앞에 집 한 채가 보였습니다. 도사님의 집이었습니다. 콩이대장이 그 집 울타리에 들어서자 웬 남자가 나타났습니다.

"저- 도사님을 만나 뵈러 왔는데요."

콩이대장이 머뭇거리며 말하자, 안에서 목소리가 들렸습니다.

"바쁜 손님이니 어서 안으로 모셔라."

콩이대장은 속으로 놀랐습니다.

'내가 바쁘다는 걸 어떻게 알고 있을까? 보지도 않고.'

콩이대장이 방 안으로 들어서자, 남자는 하던 일을 계속하면서 말했습니다. 보지도 않는 것이었습니다.

"고구려 사람이 웬 말갈 차림인고?"

"저는 고구려 돌콩성 사람이오나 적의 눈을 피해 나오려다 보니 말갈인으로 변장하게 되었습니다"

그 남자는 고개도 들지 않고 말했습니다.

"흠-, 돌콩성이 아직 쓰러지지 않고 살아있구먼."

"아, 아닙니다. 모두 다 죽어가고 있습니다. 돌콩성에 이상한 병이 돌고 있습니다. 도사님, 살려주십시오."

"돌콩성에 이상한 병이라-, 글쎄 무슨 병이 들었는가?"

"그게 도무지 무슨 병인지 알 수가 없어서 이렇게 도사님을 찾아왔습니다."

"'비실비실' 다 죽어가고 있는가?"

"예? 예. 입에서 피도 나고요."

"정확하게 말하게. 입이 아니라 잇몸에서 피가 나겠지."

"예? 아, 예. 며칠 아프다가 잇몸에서 피가 번져 나옵니다."

콩이대장은 깜짝깜짝 놀랐습니다. 어떻게 보지도 않고 이렇게 정확하게 맞힐 수가 있을까요?

"오줌에 피가 섞여 나오는 사람도 있는가?"

"아, 예. 피똥을 싸는 사람도 있습니다."

"죽은 사람은?"

"예. 며칠 전에 한 명 있었습니다."

"음-, 급하게 됐군."

도사님은 그제야 고개를 들어 콩이대장을 보았습니다.

"나는 병의 원인을 찾는 것을 공부하는 사람일세. 그럼, 돌콩성에 퍼지고 있는 그 병의 원인을 한 번 알아볼까? 몇 가지 질문을 하겠네. 첫째, 김장한 건 좀 남아 있는가? 그러

*비실비실-힘이 없어 흐느적흐느적 비틀거리는 모양

니까, 지금 무 김치를 먹고 있느냐는 말일세."

"예? 김치요? 적군이 쳐들어오는 바람에 김장은 아예 하지도 못했습니다."

"음, 그렇군."

고구려 시대에는 겨울 김장으로 무 김치를 담갔습니다. 그런데 올해는 무김치를 담그지 못했습니다.

도사님은 또 물었습니다.

"그럼, 말린 나물은 좀 남아 있느냐? 고사리나 산나물, 또는 박나물 말린 것이나 호박고지* 같은 것 말이다."

"예? 그런 건 벌써 다 먹고 없습니다."

*호박고지-호박을 얇게 썰어 말린 반찬거리

"그럼 혹시 소금에 절인 죽순*이나 가지 같은 것도 없느냐?"

"예? 그런 건 본래 없는데요."

"흠-. 그래? 그럼, 별것 아니군."

도사님은 혼잣말처럼 중얼거렸습니다. 그러고는 콩이대장을 보며 말했습니다.

"그 병의 원인은 간단하네."

"예? 간단하다고요?"

"그건 김치를 못 먹어서 걸린 병이네. 사람은 밥만 먹어서는 안 되지. 나물이나 가지, 상추, 무 같은 신선한 채소도 먹어야 하네. 겨울엔 신선한 채소가 없으니, 김치라도 담가 먹어야 하지. 그런데 돌콩성 사람들은 오랫동안 성에 갇혀 있는 바람에 신선한 채소는커녕 김치도 못 먹고 있었거든. 그러니 병이 들 수밖에 없지. 그래서 하는 말인데, 그 병은 싱싱한 채소를 못 먹어서 생긴 것이야. 병도 아니지. 신선한 채소만 먹으면 금방 다 낫는다네."

"그럼, 약은 없습니까?"

*죽순(竹筍)-대의 땅속줄기에서 돋아나는 어리고 연한 싹

콩이대장은 애원*하듯 도사님을 보며 말했습니다.

"약? 약은 많지."

"예?"

콩이대장은 너무나 반가워 벌떡 일어나 앉았습니다.

도사님이 말했습니다.

"어리석은 자들, 약을 쌓아놓고도 모르고 있다니."

"예? 무슨 말씀입니까?"

"돌콩성 창고에 산더미같이 쌓아둔 콩은 놔두었다가 어디

에 쓰려고 그러는지."

　"예? 콩이요?"

*애원(哀願)-소원이나 요구 등을 들어 달라고 애처롭게 사정하여 간절히
　　　바람.

"그래. 콩이다."

"콩? 우리 콩 많이 먹는데요. 콩이 무슨 약이 되나요?"

그러자 도사님은 콩이대장을 똑바로 보면서 말했습니다.

"자, 따라 하여라. 잊어버리면 안 돼. '콩.'"

콩이대장은 자신도 모르게 따라 했습니다.

"콩."

"나."

"나."

"물-."

"물-. '콩나물?' 아니 '콩나물'이 약이란 말입니까?"

"그렇지. 약이지. 좋은 약이지."

"콩나물이 무슨 약이란 말입니까? 신선한 채소를 먹어야 한다고 하지 않았습니까?"

콩이대장이 대들듯 말했습니다.

"허허, 이 사람 하나만 알고 둘은 모르는구먼. 이 엄동설한'에 채소가 어디에 있겠나? 콩나물도 훌륭한 채소라네."

"예? 콩나물이 채소라고요?"

*엄동설한(嚴冬雪寒)-눈 내리는 깊은 겨울의 심한 추위

"그래. 그렇다네. 이 사람 이거 말로만 해서는 안 되겠군. 내 확실하게 표시해 주지."

도사님은 종이 한 장을 꺼냈습니다. 그러고는 붓으로 콩나물 그림을 그리기 시작했습니다. 다 그리고 나서는 그 밑에 '약령도사'라 쓰고 도장까지 콱 찍어주었습니다.

"자네 하는 걸 보니 말로만 해서는 안 되겠네. 그래서 내가 이렇게 그림을 그리고 도장까지 찍은 것이라네. 그리고 지금부터 콩나물 기르는 법도 써서 일러줄 테니 잘 듣고 가서 말해주게."

도사님은 그림 옆에 순서대로 글자를 쓰면서 설명했습니다.

첫째, '선별'이라고 썼습니다.

"이건 가려낸다는 뜻이네. 썩은 콩은 가려내야 하네."

둘째, '침수'라고 썼습니다.

"이건 물에 담근다는 뜻일세. 콩을 물에 담가 두었다가 하면 싹이 잘 트고 빨리 자랄걸세."

셋째, '관수'라 썼습니다.

"이건 물주기란 뜻일세. 하루에 다섯 번 주면 되네."

마지막으로 '일광 차단'이라 썼습니다.

"햇빛을 막는다는 뜻이지. 콩나물은 햇빛을 보면 안 되네. 콩나물 키우는 그릇을 이불로 잘 덮어서 햇빛을 가려주어야 하네."

도사님은 다시 콩이대장을 보면서 말했습니다.

　"자네도 그렇고 사람들이 내 말을 잘 믿지 않을 것 같아서 이렇게 했네. 그리고 콩나물은 따뜻한 데서는 닷새 정도면 그런대로 먹을만하게 되네. 그렇게 해서 병이 심하지 않은 사람은 닷새 정도만 먹어도 괜찮아질 것이고, 심한 사람이라도 한 열흘만 먹으면 거뜬해질* 걸세. 들어보니 한시가 급하네."

　도사님은 또 무엇인가 생각난 듯 말했습니다.

　"돌콩성에도 콩나물을 키워 먹는 사람들이 있지 않을까 싶은데, 콩나물 키워 먹는 집에서는 절대 이 병에 걸리지 않았을 거야. 내가 알기로는 그 절로부인이라는 분한테 와서 콩나물 키우는 법을 배워 가기도 한다고 하던데."

　콩이대장은 이제 더 참고 있을 수가 없었습니다.

　"도사님, 저의 어머니십니다."

　"아니, 뭐라고?"

　"네. 저의 어머니가 맞습니다."

　도사님은 한참이나 말없이 보고만 있었습니다.

*거뜬하다-근심·아픔 따위가 사라져서 후련하고 개운하다.

"그럼, 네가 양 무관의 아들이란 말이냐?"

"네. 그렇습니다."

"어허 참. 나도 양 무관의 이야기는 들어서 알고 있다만, 아들이 있는 것까지는 몰랐네. 그런데 어째서 어린 네가 여기까지 오게 되었단 말이냐?"

콩이대장은 돌콩성의 사정을 자세히 말했습니다. 그래서 자신이 말갈 가족의 아들로 변장해서 올 수밖에 없었다는 것도 말했습니다.

"오호, 양 무관에게 이렇게 훌륭한 아들이 있었다니!"

도사님은 기특하다는 듯 콩이대장을 바라보고 있었습니다.

그러더니 문득 생각난 듯 이름을 물었습니다.

"저의 이름은 만춘, 양만춘이라 합니다."

"오, 만춘이라, 봄기운이 가득하다는 뜻이군. 그래, '용기의 문'을 통과할 때부터 알아보았어. 저런 당찬* 아이는 처음 본다고. 그런데 '마음의 문'에서는 많이 놀랐지?"

모르는 사람 대하듯 하던 도사님은 콩이대장을 이제 친아들 대하듯 했습니다.

"네. 호랑이 꼬리를 밟으라고 하니까, 처음엔 어떻게 해야 할지 몰라 많이 놀랐습니다."

"그래. 본래 그 세 가지 문은 어른들에게 하는 것이야. 원

*당차다-나이에 비하여 하는 짓이나 마음이 야무지고 올차다.

체 많은 사람이 찾아오기 때문에 다 들여보낼 수가 없어서 그러는 거지. 그래서 약을 꼭 구해야겠다는 절실한 마음을 가진 사람만 들어올 수 있도록 했던 거란다. 그런데, 아이가 들어온 것은, 네가 처음이야. 그래서 보고 있었는데 '지혜의 문'까지는 괜찮겠지만, '마음의 문'에서도 시험하려는 걸 보고는 깜짝 놀랐지. 아이에게 그렇게 하는 건 맞지 않거든."

도사님은 놀라게 한 것이 미안했던지 그렇게 말했습니다.

"그러면, 어른들은 정말 그 호랑이 꼬리를 밟습니까?"

콩이대장이 궁금해서 물어보았습니다.

"대부분이 첫 문, '용기의 문'에서 놀라 도망치고 말지. '마음의 문'에서는 끝까지 포기하지 않고 들어서는 사람은 통과시킨단다. 실제로 호랑이 꼬리는 밟지는 않는단다. 어른이라도 그렇게 할 수는 없지."

도사님은 잠시 말을 끊고 콩이대장을 바라보았습니다.

"그런데 네가 호랑이 꼬리를 밟겠다고 하니 깜짝 놀랄 수밖에 없었단다. 처음 들어설 때부터 보통이 아니라는 걸 짐작은 했지만, 그걸 하겠다고 하다니 말이야."

도사님은 또 여러 가지 이야기를 해주었습니다.

　자신은 산속에 있지만, 사람들에게 이야기를 들어서 양 무
관에 대해서는 잘 알고 있다고 했습니다. 사람들은 아까운
사람이 전사했다면서 양 무관의 죽음을 아까워했고, 또 절로
부인에 대해서도 칭찬을 아끼지 않았다고 했습니다.

　그리고 도사님은 콩이대장네 식구 중에서 병에 걸린 사람
이 있느냐고 물어보았습니다. 콩이대장은 없다고 했습니다.
도사님은 그것 보라면서 아마 다른 집에도 콩나물을 길러
먹는 집이 있다면 그 사람들은 이병에 걸리지 않았을 거라
고 했습니다.

　그런데 시간이 부족해서 그렇게 앉아있을 수만은 없었습
니다. 이제 일어날 수밖에 없었습니다.

"나도 자고 가라고 하고 싶지만, 한시가 급하니 더 붙들지 않겠네. 나는 구름을 탄다거나, 축지법* 같은 것을 하는 사람이 아니야. 그러나 나에게는 종일 달려도 힘이 들지 않는 약이 있다네. 자, 이걸 죽 들이키게."

도사님은 약 한 사발을 내밀었습니다

"오늘 저녁 안에 은둔산 계곡까지 가기에는 힘들 거야. 그러나 이 약 한 사발이면, 어두워지기 전에 그 계곡까지 도착할 수 있을 걸세. 자, 죽 들이키게. 몸이 날듯이 가벼워지고, 아무리 달려도 힘들지 않을 거야. 자, 빨리 들이키고 서두르게. 시간이 없네."

콩이대장은 도사님이 시키는 대로 그 약 한 사발을 들이

*축지법(縮地法)－도술로 먼 거리를 가깝게 하는 술법.

켰습니다. 그리고 도사님에게 잘 계시라고 인사를 한 다음
자리에서 일어났습니다.

그리고 발걸음을 재촉하였습니다. 정말 발걸음이 가벼웠습
니다. 바위와 바위 위를 날듯이 살짝살짝 짚고 넘었습니다.

'하늘문 골짜기'를 순식간에 내려와 버리고 말았습니다.

올라올 때 콩이대장의 가는 길을 막았던 문들은 어떻게
된 셈인지 보이지도 않았습니다. 다만 랑랑이 준 활과 칼은
그대로 있었습니다. 콩이대장은 그걸 얼른 챙기고는 산모롱
이*를 돌아나갔습니다. 몇 개의 산모롱이도 금방 지나고 들

*산모롱이(山모롱이)-산모퉁이의 휘어져 돌아간 곳.

판으로 내려왔습니다. 참 빨리 내려온 것 같았습니다.

콩이대장은 내려오면서도 어머니에게 어서 가서, 아픈 사람들에게 빨리 콩나물국을 끓여주라고 말하고 싶었습니다. 콩이대장은 그걸 생각하면 걸음이 날아갈 것만 같았습니다.

이제 해가 지려고 하고 있었습니다. 들판 달리기는 식은 죽 먹기였습니다. 정말 아무리 달려도 숨이 차지 않았습니다. 아침 해뜨기 전에 나와서 한나절*이나 걸렸던 이 길이지만 지금은 단숨에 도착할 것만 같았습니다.

벌써 은둔산이 저기에 모습을 드러내고 있었습니다. 단숨에 은둔산 계곡으로 들어섰습니다. 해가 지고 어둠이 내려앉고 있었지만, 밤이 되기 전에 랑랑네 집에 도착할 수 있었습니다. 그야말로 번개 같았습니다.

랑랑이 보고 깜짝 놀라 일어섰습니다. 밤중에라도 도착할 수 있으면 다행이라 생각하고, 횃불이라도 밝혀놓으려고 준비하고 있었는데, 이렇게 빨리 오다니 놀랄 수밖에 없었던 것입니다.

"오빠. 어떻게 된 거야? 못 만났어?"

*한나절-하루 중 낮 동안의 절반

랑랑이 놀라서 물었습니다. 이제 랑랑은 콩이대장을 친오빠
대하듯 했습니다.

"아니, 만나고 왔어."

콩이대장이 웃으며 말했습니다.

"그런데 어떻게 이렇게 빨리 왔어?"

"응. 이렇게 훨훨 날아서 왔지."

콩이대장은 재미있다는 듯 그렇게 말했습니다. 옆에 있던
랑랑의 아버지는 어떻게 된 셈인지 몰라서 보고만 있었습니
다.

"아 배고파. 갑자기 배가 고파지네."

콩이대장은 그제야 배가 고프다는 것을 느꼈습니다. 하긴

배가 고파도 몹시 고팠을 것입니다. 종일 먹은 것이라고는 가져간 물과 도사님이 준 약물뿐이었던 것입니다.

"그래 배고프겠다. 어서 들어오너라."

아버지가 말했습니다. 된장에 좁쌀밥뿐이지만, 콩이대장은 맛있게 잘 먹었습니다. 그러고는 옷도 벗지 않은 채 그대로 쓰러져 잠이 들고 말았습니다. 참으로 대단한 하루였습니다.

이튿날 날이 밝았습니다. 자, 정말 중요한 일이 또 하나 남았습니다. 그것은 다시 성안으로 들어가는 일입니다. 그러려면 적의 초소를 무사히 통과해야만 하는 것입니다. 이제 적의 초소만 통과하면 모든 일이 해결됩니다.

콩이대장은 옷 속의 종이를 만져 보았습니다. 그런데 좀 불안했습니다. 만약 초소에서 몸을 뒤져보기라도 한다면 대번에 들키고 말 것입니다. 콩이대장은 옷을 벗었습니다.

그러고는 등 쪽에 바느질해 놓은 실을 조금 뜯어내었습니다. 그런 다음에 종이를 그 안으로 살살 밀어 넣었습니다. 누가 보아도 그 안에 무엇이 들었을 거라고는 생각 못 할 것 같았습니다.

아버지도 가지고 갈 물건들을 챙기고 있었습니다.

랑랑 아버지는 본래 말려두었던 여우 털 하나와 어제 잡은 토끼 한 마리를 자루에 담았습니다. 초소를 통과할 때, 보초들은 자기가 챙길 것을 먼저 찾는 것이었습니다. 그래서 토끼 한 마리는 아예 주고 갈 생각이었습니다. 어찌 보면 랑랑 아버지도 이제 콩이대장과 같은 편이 되어 가고 있는 것 같았습니다.

랑랑 아버지의 예상이 맞았습니다. 자루 안을 조사하던 보초는 눈을 반짝이더니, 토끼를 손으로 가리켰습니다. 토끼를 주고 가라고 하는 것입니다. 랑랑이나 오빠는 거들떠보지도 않았습니다. 아버지는 웃으며 말했습니다.

"허허, 그러지 않아도 한 마리 주려고 가져온 거요."

그런데 고기는 잡아주고 털은 챙겨야 합니다. 아버지는 능숙한* 솜씨로 토끼 가죽을 벗기기 시작했습니다. 그러면서 랑랑에게 말하는 것이었습니다.

"랑랑아, 바람 부는데 거기 서 있지 말고 요 밑에 가서 햇볕 좀 쬐고 있어라. 이거 해 주고 아빠 금방 갈게."

랑랑은 모른 척하며 오빠 손을 잡고는 밑으로 내려왔습니다. 뒤를 돌아봤을 때, 보초는 여전히 토끼에 정신이 팔려있었습니다.

*능숙하다(能熟하다)-서투른 데가 없이 익숙하게 잘 한다.

'성공했어!'

랑랑은 안도의 한숨을 쉬었습니다.

두 사람은 돌콩성을 향해 전속력*으로 달리기 시작했습니다. 저 앞에 돌콩성이 보였습니다. 빨리 가서 콩나물이 약이라는 것을 알려 주어야 합니다.

*전속력(全速力)-낼 수 있는 최대한의 속력.

콩나물도 약이냐 ?

성안에서는 큰 소란*이 벌어졌습니다.

콩이대장이 약을 구해왔다고 하자, 사람들이 성문 앞에 몰려든 것입니다. 콩이대장이 드디어 모습을 드러내자, 기다리고 있던 민정대장은 사람들 사이를 헤치고 장군님이 계신 곳으로 콩이대장을 데려갔습니다. 하지만 사람들이 얼마나 많이 몰려드는지, 콩이대장은 사람들에 떠밀려 저절로 장군님이 계신 곳에 도착하고 말았습니다.

장군님이 있는 방에는 의원님과 마을 어른들, 그리고 각

*소란(騷亂)-어수선하고 시끄러움.

부대의 대장님들도 나와 있었습니다. 콩이대장은 안으로 들어가 장군님께 인사를 드렸습니다. 사람들은 콩이대장이 어서 약을 내놓기를 기다리고 있었습니다.

"약은 구해왔느냐?"

장군님이 물었습니다.

"예, 구해왔습니다."

콩이대장은 자신 있게 대답했습니다.

"어서 보여주어야지."

장군님은 약이 무엇인지 몹시 궁금했습니다.

콩이대장은 약령도사가 준 종이를 꺼내 장군님께 드렸습니다.

그런데 종이를 펴보던 장군님의 얼굴이 그만 굳어지고 말

앗습니다. 종이에는 뜻밖에도 콩나물 그림이 그려져 있었던 것입니다. 게다가 도장까지 찍혀 있는데, 그게 무슨 의미인지 알 수가 없었습니다.

"약은 바로 콩나물이라고 했습니다."

콩이대장이 조심스럽게 말했습니다.

"뭐라고? 콩나물?"

장군님은 믿기지 않는다는 표정으로 되물었습니다. 방 안에 있던 사람들도 이게 무슨 일인가 싶어 서로의 얼굴을 쳐다보고 있었습니다.

"예, 그렇습니다. 장군님, 약령도사님이 말만으로는 믿지 않으실 거라면서 이렇게 종이에 그려주셨습니다. 그리고 도장까지 찍어주신 것입니다."

콩이대장은 단호하게* 대답했습니다. 장군님은 종이를 다시 들여다보며 말했습니다.

"콩나물이 어째서 약이라는 말이냐?"

콩이대장은 사람들을 둘러보다가 말을 이었습니다.

"도사님은 이번 병의 원인을 분명하게 말씀하셨습니다. 이

---

*단호하다(斷乎하다)-결심이나 태도·입장 따위가 과단성 있고 엄격하다.

번 병은 신선한 채소를 못 먹어서 생긴 병이라고 했습니다. 사람들은 밥만 먹고 사는 게 아니라 신선한 채소도 먹어야 한다고 했습니다. 신선한 채소가 없으면 무 김치라도 담가 먹어야 한다고 했습니다. 그런데, 돌콩성은 올해 김치를 담지 못해 몇 달째 김치도 먹지 못 먹고 있으니 이런 병에 걸릴 수밖에 없다고 했습니다."

콩이대장이 잠시 말을 멈추자, 사람들이 수군거리기 시작했습니다.

"음, 그런가?"

"듣고 보니 그런 것 같기도 하네."

콩이대장의 말이 계속되었습니다.

"그러면서 도사님은 이번 병은 돌림병과 같은 이상한 병이 아니라고 했습니다. 신선한 채소만 먹으면 금방 나을 수 있다고 했습니다. 다행하게도 돌콩성에는 이 병을 고칠 수 있는 약이 산더미같이 쌓여 있다고 했습니다. 콩을 말하는 것인데, 그건 콩으로 콩나물을 키워 먹으면 된다는 말이었습니다."

"어허, 참. 그거 희한한 일일세."

"그러게나 말이오. 약이 우리 성에 그렇게나 많이 있다니."

세상에 이런 일도 다 있느냐며, 사람들은 콩이대장의 말에 귀를 기울이기 시작했습니다.

"그래, 그 옆에 써 놓은 것은 무엇인가?"

의원님이 그렇게 물었습니다.

"예. 이것은 콩나물 기르는 법을 적은 것입니다."

콩이대장은 하나씩 짚어가면서 콩나물 기르는 법에 대해서 말했습니다.

"첫째, '선별'이라는 것은 썩은 콩은 가려내야 한다는 것입니다."

"둘째, '침수'라는 것은 콩을 한나절쯤 물에 담가놓으면 싹이 잘 튼다고 했습니다."

"셋째, '관수'라는 것은 물주기로 하루에 다섯 번 준다고 했습니다."

"넷째, '일광 차단'이라고 하는 것은 콩나물은 햇빛을 보면 안 된다는 것입니다. 그래서 이불로 덮어서 햇빛을 가려주어야 한다고 했습니다."

모두 열심히 듣고 있었습니다. 콩이대장의 말은 계속되었습니다.

"이렇게 닷새 정도 기르면 아쉬운 대로 먹을만하다고 했습니다. 그리고 병이 깊지 않은 사람은 닷새만 먹으면 거뜬

히 낮고 병이 깊은 사람도 열흘 정도만 먹으면 다 나을 수 있으니 걱정하지 말라고 하셨습니다.

그리고 한 시라도 바삐 서두르라고 했습니다."

사람들은 이게 정말이냐는 듯 서로 보고 있었습니다. 콩이대장이 마지막으로 한마디 더 했습니다.

"처음엔 저도 콩나물이 무슨 약이냐고 했습니다. 그랬더니 도사님은 사람들이 잘 믿지 않을 거라면서 이렇게 직접 그려주신 것입니다. 그리고 하시는 말씀이 콩나물을 길러 먹고 있는 집에서는 아무도 이 병에 걸리지 않았을 거라고 하면서 잘 살펴보라고 하셨습니다."

"응? 그런가? 콩나물 길러 먹는 집?"

"콩이대장 집은 콩나물 선생 집이 아닌가? 그럼, 콩이대장 집에는 당연히 없다는 말인가?"

"콩이대장 집이야 그렇지만 다른 집은 안 그렇지."

"제사나 잔치 때가 되어야 콩나물을 길러 먹는데."

"아니, 우리 집은 가끔 길러 먹고 있긴 한데... 어! 그러고 보니 우리 집에는 아픈 사람이 없네."

"응, 그런가?"

그때였습니다. 의원님이 갑자기 뭐라고 하는 것이었습니다.

"앗, 그러고 보니, 맞는가 보네."

그러면서 모두를 둘러보는 것이었습니다.

"장군님. 저 창고에 있는 그 환자들 말입니다. 그 사람들은 다 죽게 생겨서 집에서도 쫓겨난 사람들인데 지금 한 사

람도 죽지 않고 살아 있습니다."

"그렇소만?"

장군님은 무슨 말이냐는 듯 그렇게 물었습니다. 도대체*
의원님이 무슨 말을 하려고 이러나 싶어, 다른 사람들도 모
두 보고 있었습니다. 의원님은 하던 말을 계속했습니다.

"지금 그 사람들은 먹는 것이라고는 콩나물국밖에 없습니
다. 그런데 그 사람들은 더 아프지도 않고, 또 한 사람도 죽
지 않고 모두 살아있습니다. 그 사람들 모두가 먹은 것이라
고는 콩나물국에 밥 말아 먹는 것밖에는 없습니다. 그런데도
그 사람들은 아직 죽지 않고 살아있습니다."

의원님의 말에 사람들이 웅성대기 시작했습니다.

"응, 그렇네."

"그게 그러니 콩나물 덕이란 말이지?"

"그렇지. 그러고 보니 맞는 말이구먼."

"콩나물이 약이란 말이네."

그때 장군님이 한마디 했습니다.

"자, 모두 진정하고 이야기를 좀 정리해 봅시다. 그러니까

*도대체(都大體)-어떤 일이나 내용의 기본이 되는 큰 줄거리. 대관절

다 죽어가던 환자들이 아직도 죽지 않고 살아있는 것은 그 콩나물 덕이다? 그러고 보니 맞는 것 같구려. 그러니까 콩나물이 바로 약이라는 말이군요."

"그렇습니다. 콩나물이 바로 약이라는 말입니다."

의원님이 더 붙여서 말했습니다.

"'콩나물이 무슨 약이냐?'라고 생각하는 사람들이 많은데, 먼저 이것을 알아야 하겠습니다. 본래 약과 음식은 그 근원이 같은 것입니다.

즉 음식이 곧 약이라는 말입니다. 콩나물은 그냥 나물이라는 먹거리일 뿐이지 약은 아니지 않으냐 하는 생각은 잘못

• 근원(根源)-사물이 생겨나는 본바탕

된 것입   니다. 콩나물도 약이 되는 것입니다.

특히 우리 돌콩성 사람들이, 몇 달째 나물도 김치 한 조각
도 못 먹고 있으니, 당연히 병에 걸릴 수밖에 없다는 약령도
사의 말씀은 정말 정확하다는 생각이 듭니다. 이제 이 병의
정체*를 알았으니 일단 안심입니다. 무엇보다 돌림병이 아
니라는 것이 정말 천만다행일 뿐입니다.”

의원님은 잠시 말을 끊고는 장군님을 바라보았습니다.

“그건 그렇고 장군님, 본래 콩나물은 몸에 좋은 것입니다.
감기 기운이 있을 때, 콩나물국 한 그릇을 끓여 먹고 따뜻한
데서 한숨 자고 나면, 몸이 가뿐해진답니다. 지금 우리 성안

*정체(正體)-참된 본디의 형체.

에 있는 사람들 뭐 제대로 된 반찬거리도 없을 텐데, 이번 기회에 콩나물이라도 길러 먹게 해 주면 좋겠습니다. 지금은 전쟁 때라 거의 소금으로 밥을 먹고 있으니, 병이 날 만도 하다는 생각이 듭니다.

지금 성안의 백성 중 거의 모든 사람에게 이 증세*가 보이는데, 이대로 두면 모두가 다 병에 걸리고 말 것입니다. 당장 콩나물을 길러 먹도록 해야겠습니다."

장군님이 고개를 끄덕였습니다.

"음, 모든 집에서 콩나물을 길러 먹도록 한다? 좋소. 그러는 게 좋겠소. 손해 볼 거야 없지 않소? 그럼, 그렇게 합시다. 그것도 그렇고 몇 가지 이야기해 두어야 할 것이 있소."

장군님은 잠시 사람들을 둘러본 다음 말을 계속했습니다.

"첫째, 여러 가지를 종합해 보면 이번 병은 돌림병과 같은 고약한 병이 아닌 것은 분명한 것 같소. 제일 먼저 해야 할 일은 사람들의 불안한 마음을 달래야 하는 것이오.

마을에서 오신 분들은 저 종이를 들고 가서 마을 한가운데에 붙인 다음 마을 사람들에게 설명해 주시오. 지금 이병

*증세(症勢)-병으로 인해 몸에 나타나는 여러 가지 상태나 현상.

은 돌림병이 아니고 오랫동안 채소나 김치를 못 먹으면 이런 병에 걸린다는 것을. 그리고 다행히 콩나물을 길러 먹으면 곧 낫게 된다는 것도 말해주시오. 그래서 사람들을 안심시켜 주기 바랍니다."

장군님의 말에 모두 고개를 끄덕였습니다. 장군님은 잠시 둘러보더니 말을 계속했습니다.

"다음에 집마다 콩나물을 키워 먹게 하려면 먼저 창고에 있는 콩부터 배급해야 할 텐데, 이건 어떤 방법으로 하는 게 좋겠소?"

여러 이야기 끝에, 사람들은 우선 한 집에 한 되*씩 나누

*되-곡식·액체 등의 분량을 헤아리는 단위. 약 1.8리터에 해당함.

어 주도록 하는 게 좋겠다고 했습니다. 장군님은 창고책임자
와 식당 책임자를 오도록 했습니다.

　그리고 창고책임자에게는 집마다 콩을 한 되씩 나누어 주
어야 하니 그리 알고 준비하라고 했습니다. 또 식당 책임자
에게는 군대에서도 오늘부터 당장 콩나물을 기를 것을 지시
했습니다.

　그 외에도 여러 가지 이야기들이 오고 갔습니다.

　갑자기 콩나물을 길러 먹자고 하니 어디에다 어떻게 해놓
고 길러야 하는지가 제일 문제였습니다.

　콩이대장 집은 본래 준비가 다 되어 있습니다. 커다란 나
무통 밑바닥에 구멍을 내고 거기다 콩나물을 기르는데, 다른

집에는 그런 나무통이 없습니다.

마을에서 오신 분 중에 경험 있는 분이 말했습니다. 자기 집은 대바구니에 옷감을 깔아놓고 콩나물을 키운다고 했습니다.

다음에는 콩나물을 키울 때 그 양을 얼마나 해야 하느냐 하는 것이었습니다. 집마다 콩을 한 되씩 준다고 하니까 한 번에 한 되씩 키우는 줄 아는 사람이 많았습니다.

콩나물을 키워 본 사람이 깜짝 놀라서 그렇게 하면 안 된다고 했습니다. 한 되를 다 키우면 나중에 콩나물이 넘쳐나서 감당할 수가 없다고 했습니다.

콩이대장 집같이 큰 통에 키우는 집은 괜찮지만, 그렇지 않은 집에서는 한 번에 한두 홉*만 키워도 많다고 했습니다. 그렇지 않으면 나중에 콩나물이 엄청나게 많아져 키우기에 힘이 든다고 했습니다.

장군님은 잠시 쉬었다가 의원님을 보면서 말했습니다.

"그다음에 생각해 보아야 할 일이, 지금 성안에 콩나물 키우고 있는 것이 얼마나 되는지 알아보고, 이 콩나물은 위급한 환자를 위해서만 쓸 수 있도록 해야겠소. 물론 절로부인 댁에 제일 많겠지만, 다른 집에도 있으면 이젠 위급한 환자들에게만 쓸 수 있도록 거두어들여야겠소."

그러자 의원님이 말했습니다.

"장군님. 그러니까 지금부터는 성안에 있는 콩나물을 한데 모아서 관리하자는 말씀이군요?"

"그렇소. 그래야만 될 것 같소. 그래서 하는 말인데 마을에 콩나물 키우는 집이 얼마나 되겠소?"

장군님은 말을 끊고 모두를 둘러보았습니다.

"글쎄, 몇 집 있는 것 같은데, 그게 늘 키워 먹는 건 아니니까."

*홉-곡식의 부피를 잴 때 쓰는 단위(한 홉은 한 되의 1/10).

얼마나 키우고 있는지 확실하지는 않아 보였습니다.

"그럼, 마을 어른들은 나중에 마을로 돌아가면, 자기 마을에 콩나물 키우는 집이 얼마나 있는지 알아보고 의원님한테 말해주기를 바랍니다."

그 외에도 많은 말들이 오고 갔습니다.

마을 어른들은 자기 마을에 있는 집의 수를 말해주고는 모두 돌아갔습니다. 콩이대장도 일단 집으로 돌아갔습니다.

장군님은 각 부대의 대장들에게도 말했습니다. 각 부대에 돌아가서 부하 장병*들에게 이번 병은 돌림병이 아니라는

*장병(將兵)-장교와 사병(거느리고 있는 군사를 말함)

것을 말하여, 장병들이 안심하도록 하라고 했습니다.

그러자, 그때 누군가 말했습니다.

"적이 이렇게 에워싸고 있는데, 어떻게 해서 갔다 올 수 있었나?"

순간 민정대장은 어떻게 해야 할지 몰라서 장군님을 보았습니다. 콩이대장이 말갈 아들로 변장해서 다녀왔다는 것은 아직 비밀이기 때문입니다.

장군님이 나서서 말했습니다.

"이 일은 비밀로 해야 했기 때문에 아직 각 부대의 대장들에게는 말하지 못하였소. 급한 일이 마무리되면 다시 대장들을 부를 것이오. 그때까지는 입 다물고 있기 바라오."

장군님의 말씀에 대장들은 모두 알았다는 듯 입을 다물었습니다. 그리고 조용히 물러갔습니다.

콩나물을 확보하라

　성안은 갑자기 바빠졌습니다. 민정대장과 의원님은 절로부인을 찾아갔습니다. 성안의 콩나물을 모두 모아서 위급한 사람들을 구해야 하는데, 일단 콩이대장네 집에 모아서 나누어 주기로 했다고 말했습니다. 절로부인도 좋다고 하며 승낙*했습니다. 콩이대장에게서 이야기를 듣고 사정이 어떻게 되어 가는지 알고 있었던 것입니다.

　다음에 민정대장이 해야 할 일은 창고에 있는 환자들에게 가서 사정을 말해야 하는 것이었습니다. 환자들에게 이제 집

*승낙(承諾)-상대가 청하는 바를 들어줌.

으로 돌아가도 괜찮다고 했습니다.

　지금 앓고 있는 병은 돌림병이 아니니까, 걱정하지 말고 돌아가라고 한 것입니다. 단 오늘 저녁까지는 여기서 먹고 가라고 했습니다.

　그다음에도 할 일이 또 남았습니다. 마을에서 키우고 있는 콩나물이 얼마나 되는지 알아보고 그것을 모아서 절로부인 댁으로 옮기는 것이었습니다. 마을 어른들부터 먼저 찾아갔습니다. 이야기가 되어 있었는지, 키우고 있던 콩나물을 선뜻* 내놓았습니다. 몇 집밖에 되지는 않았습니다.

　그런데 내놓기는 했지만, 그 양이 너무 적었습니다. 자기

*선뜻- 행동이 빠르고 시원스러운 모양

집에서 먹기 위해 키우는 것이라서 그런지 작은 대소쿠리*
나 바가지에 구멍을 뚫어 키우고 있던 것들이었습니다. 또
다 자란 것도 있고, 지금 막 키우기 시작한 것도 있어서 어
떻게 나누어주어야 할지 좀 어려울 것 같았습니다.

어쨌든 모두 모아서 절로부인 댁으로 가져다주었습니다.
어떻게 나누어주어야 할지는 의원님이 알아서 해야 일입니
다.

의원님도 바빴습니다. 지금부터 이 콩나물들을 어떻게 나
누어주어야 하느냐 하는 것이 제일 큰 문제입니다. 콩나물만
많이 있으면 문제 될 것도 없습니다. 하지만 마을에서 거두
어들인 것이라곤 얼마 되지를 않았습니다. 결국은 콩이네 집
에서 키우던 콩나물로 해결해야 하는데, 그 양이 너무 부족
할 것 같았습니다. 이럴 줄 알았더라면 콩이대장네 집에서
좀 더 많이 키워두었더라면 좋겠는데, 이렇게 될 줄이야 누
가 알았겠습니까?

먼저 아주머니에게, 창고에 있는 환자들에게 끓여 줄 콩나

*대소쿠리-대로 엮어 짜서 만든 소쿠리. 대바구니

물부터 가져가게 했습니다.

다음엔 군대의 식당에도 콩나물을 보냈습니다. 오늘 저녁부터 위급한 병사들에게는 콩나물국을 끓여 먹이라는 장군님의 명령이 있었기 때문입니다. 일단 오늘 콩나물은 그렇게 해서 끝이 났습니다.

그런데 내일부터는 어떻게 해야 하나 하는 문제가 남았습니다. 의원님은 꼭 나누어주어야 사람들을 우선 정했습니다.

첫째, 지금 집에서 일어나지 못하고 있는 환자들.
　　(이들은 마을 어른들이 조사해서 말한 사람들임)
둘째, 군대의 위급한 병사들. (군대 식당에 보내는 것임)

셋째, 창고에서 살았던 환자들. (상태에 따라 조절할 것임)

넷째, 그 외에 위급하다고 찾아오는 환자들. (남는 양을 보고 처리할 것임)

이렇게 정하고 나니까 혼란*이 좀 줄어드는 것 같았습니다.

의원님은 급한 대로 이럭저럭 맞추어 나가야겠다며 집으로 돌아갔습니다.

문 앞에 있던 민정대 대원들이 잘 가시라며 인사를 했습니다. 콩이대장네 집은 언제부터인가 민정대 대원들이 나와서 지키고 있었던 것입니다.

*혼란(混亂)-뒤죽박죽이 되어 어지럽고 질서가 없음

저녁 식사 시간에는 장군님이 병사들 식당으로 왔습니다.

위급한 병사들에게 콩나물국을 끓여 먹이도록 했는데, 어떻게 되나 보러 온 것입니다. 거의 식사를 못 하고 있다는 병사들만 오게 한 것이었습니다. 심한 환자는 변*에 피가 섞여 나오는 사람도 있었습니다.

저녁 식사가 나왔습니다. 콩나물국도 나왔습니다. 장군님은 모른 척하며 자기도 한 그릇 달라고 했습니다. 밥도 한 그릇 달라고 했습니다.

장군님은 괜찮다고 했지만, 주방장은 안 된다고 하면서 따로 식탁에 차려 드렸습니다. 아무튼, 자신이 아프다는 걸 들

*변(便)-대소변(大小便). 특히, 대변(大便)

키지만 않으면, 장군님은 괜찮았습니다.

병사들은 몇 숟가락 국물 맛을 보더니 그냥 훌훌 들고 마시기 시작하는 것이었습니다. 한참 마시다가 밥 한 숟가락을 떠서는 거기에 말아 훌훌 다 마셔버리고 말았습니다. 눈이 좀 뜨이는 것 같다고 하면서, 요즘 들어서 이렇게 국 한 그릇을 다 비워 내기는 처음이라고 했습니다. 그러니까 아프고 나서부터 이렇게 국 한 그릇을 다 먹어 보기는 처음이라는 말이었습니다.

"어-, 잘 마셨다. 뭘 좀 먹은 것 같네."

국그릇을 비우고는 더 없는지 눈치를 살피고 있었습니다.

주방장이 냄비째 들고나와 한 국자씩 더 들어주었습니다.

병사들은 숟가락으로 밥을 말아서는 또 훌훌 들이켰습니다. 모두 잘들 먹었습니다.

장군님도 밥 한 그릇에다 국 한 그릇을 다 비웠습니다. 생각한 것보다 콩나물국이 잘 넘어갔습니다. 장군님은 병사들이 이대로 훌훌 털고 일어났으면 좋겠다고 생각하며 돌아왔습니다.

다음날도 모두 바빴습니다. 의원님은 새벽에 몇 집 들러서 환자들을 살펴본 다음, 일찌감치 콩이대장네 집으로 갔습니다. 아침부터 환자들이 오고 있었기 때문입니다. 혹시나 콩나물이 모자랄까 봐 사람들은 서둘러 왔던 것입니다.

우선 집에서 일어나지 못하고 누워 있는 환자들부터 먼저 주었습니다. 물론 환자는 나오지 못하고, 마을 어른들과 함께 가족이 나온 것이었습니다.

다음에는 창고에 있던 환자들 차례입니다. 환자들이 직접 나와서 받아 가도록 했습니다. 의원님은 한 사람, 한 사람씩 환자들 상태를 보아가며 기록해 두었습니다. 위급한 환자와 그렇지 않은 환자를 구분해 놓았습니다.

마지막으로 몸이 안 좋아서 콩나물을 먹어야겠다고 스스

로 찾아온 사람들입니다. 의원님은 참으로 곤란했습니다. 맥을 짚어보면서* 환자의 상태를 살펴보았습니다. 정말 위급한 환자가 있었습니다. 세 사람이었습니다. 의원님이 말했습니다.

이 위급한 환자 세 명은 매일 와서 콩나물을 받아 가고, 나머지는 그리 급하지 않으니 오늘 하루만 받아 가라고 했습니다. 모두 의원님 말씀을 따르겠다고 했습니다.

콩나물을 받은 환자들은 절로부인에게 와서 국 끓이는 법을 물어보았습니다. 절로부인은 사람들을 모아놓고 콩나물국

*맥(脈)을 짚다-맥박의 상태를 보고. 환자의 건강상태를 알아보다.

끓이는 법을 설명해 주었습니다. 나물로 무치는 방법도 있지만, 아직은 그것까지 가르쳐줄 필요는 없었습니다. 국 끓여 먹을 콩나물도 모자랍니다. 대부분 처음 키우는 콩나물이라 콩나물 키우는 것도 구경하고, 이것저것 물어오는 바람에 쉴 틈이 없었습니다.

어쨌든 그날부터 심하게 아픈 사람이 더 나오지는 않게 되어 다행이었습니다.

위급한 환자들은 그렇게 대강 수습*이 되었지만, 마을에서는 집마다 콩나물 키우느라 난리가 났습니다. 말은 들어보았지만, 그 콩나물이란 걸 자기 집에서 직접 길러 먹을 것이

*수습(收拾)-혼란스럽거나 곤란한 일을 제대로 되도록 해 놓음.

라고는 생각지도 못했던 것입니다.

　달콤한 것도 아니고 짭짤한 것도 아닌 것이, 맛이라고는 도무지 찾아볼 수 없건만, 그 허여멀겋게* 생긴 것을 무슨 맛으로 키워 먹는지, 사람들은 잘 모르는 것 같았습니다. 차라리 밭에다 심어 놓으면 콩이라도 주렁주렁 열리고 잎이라도 따서 먹을 텐데 말입니다.

　그런데 이것만 키워 먹으면 그 고약한 병이 없어진다니까, 어찌 되었든지 간에, 안 키워 먹을 수는 없는 형편이 된 것입니다.

　그 약령도사인가 하는 사람이 콩나물 그림을 그리고 거기

*허여멀겋다-흰빛을 띠면서 묽다

에다 멋지게 이름도 쓰고 도장까지 콱 박은 걸 보면, 맞기는 맞는 모양이라고 생각하고 있었습니다.

콩을 우선 물에 담가 두어야 한다고 해서, 그건 어제 미리 물에 담가 놓았습니다. 그런데 그다음에 뭘 어떻게 해야 한다고 듣긴 들었지만, 실제 해보려니 어떻게 해야 할지 몰라서, 모두 콩이대장네 집으로 몰려오게 되었습니다.

병정들이 지키고 있는 가운데 위급한 사람들에게만 그 콩나물을 한 움큼*씩 나누어주는 걸 보고는 그것이 귀하기는 한 것인가보다는 생각이 들기도 했습니다.

절로부인은 나물 키우는 곳을 보여주었습니다.

*움큼-손으로 한 줌 쥔 분량

밑에는 물이 빠지게 되어 있었습니다. 그게 그러니까 콩이 든 통에 물을 주면 물이 흘러나와 그 아래로 빠져나와야 하는 것이었습니다.

"아하, 그렇지. 콩나물에 물을 주면 어떻게 되나 했더니, 이제야 알겠네."

절로부인은 콩나물 키우는 법 가르쳐주기도 바쁜데, 또 국 끓이는 것까지도 가르쳐 주려니 종일 바빴습니다. 그래도 싫지 않았습니다. 아니 그보다, 그동안 콩나물 키우느라 애썼던 것에 보람이 느껴졌습니다.

어쨌든 사람들은 콩나물 키울 준비에 바쁜 걸음을 했습니다. 바가지에 구멍을 내고 또, 옷감을 구해오고 그렇게 해서 그럭저럭 콩나물 키우는 준비는 마치게 되었습니다.

모두 바빴지만, 그중에서도 이번 일에 제일 신경이 많이 쓰이는 사람은 민정대장이었습니다. 어제는 너무 바빠서 정작 해야 할 일은 제대로 못 했습니다. 이번 일을 제대로 할 수 있도록 도와준 말갈 가족 아버지부터 만나야 했던 것입니다.

오늘은 아침부터 수문 앞에 나가서 말갈 가족을 기다렸습니다. 어제는 너무 바빠서 수고했다는 말도 하지 못했다며,
민정대장은 미안하게 되었다고 말했습니다. 아버지는 이해한다고 했고, 그런 일로 신경 쓸 것 없다고 했습니다.

민정대장은 그 외에도 하고 싶은 말을 터놓고 다 말했습니다. 말갈 가족에게 충분한 보상*을 해주어야 하는데 지금은 당장 어쩔 수 없어서 신경이 쓰인다고 말했습니다.

잡아 온 사냥감도 없이 갑자기 양식을 많이 가져간다든지 하면 적들은 틀림없이 말갈 가족에 대해 수상하게 생각할 것입니다.

민정대장과 아버지는 그 외에도 주의해야 할 것은 없는지를 살펴보고 많은 이야기를 나누었습니다. 두 사람은 이제

*보상(報償)-남에게 진 빚이나 받은 물건을 갚음.

한패[*]가 되어 잘 맞아들어가는 것 같았습니다.

민정대장은 섭섭한 점이 있더라도 적이 물러날 때까지는 이해하고 좀 참아달라고 했습니다. 오늘은 물건을 좀 넉넉히 가지고 가도록 했습니다. 그것은 적이 소금을 좀 구해다 달라고 했기 때문입니다.

담비 가죽을 구해다 주기로 하고 미리 가져왔다고 하면 된다면서, 말갈 아버지는 소금과 함께 자기들이 먹을 좁쌀과 콩도 가져갔습니다. 그리고 무슨 일이 있으면 언제든지 만날 수 있도록 돌콩성에서 비밀신호를 보내도록 약속도 해놓았습니다.

비밀신호라니? 글쎄, 어떤 것이지 한번 두고 봅시다.

장군님은 저녁이 되자 또 병사들이 밥을 먹고 있는 식당으로 갔습니다. 모두 맛있게 먹고 있었습니다. 변에 피가 섞여 나온다던 병사도 식사를 잘하고 있었습니다. 콩나물국이 모자라지는 않는지 살펴보기도 했습니다. 다들 입맛이 돌아오고 생기가 도는 것 같아서 장군님은 마음이 놓였습니다.

＊한패(한牌)-한 동아리. 같은 편.

장군님도 거기에 앉아서 밥과 국 한 그릇을 해치운 건 물론 입니다. 장군님은 콩나물을 어떻게 키우고 있는지도 궁금했습니다. 주방장이 안내하는 곳으로 가 보니, 콩나물 통에는 콩나물들이 제법 잘 자라고 있었습니다.

장군님은 주방장에게 내일 쓸 콩나물은 남아 있는지를 물어보았습니다. 주방장은 의원님이 보내줄 거라고 했습니다.

그러자 장군님은 절로부인에게 고맙다는 인사도 할 겸해서 콩이대장 집에 한번 가 보아야겠다는 생각이 들었습니다. 콩이대장이 어른도 하기 힘든 그런 일을 훌륭하게 해냈건만, 절로부인에게는 아직 고맙다는 인사도 못 했던 것입니다.

절로부인 집에서도 이제 하루 일이 끝나가고 있었습니다.

의원님은 남은 콩나물이 얼마나 되는지 알아보고 있었습니다. 아주머니가 남은 콩나물을 한 통에다 모두 모았습니다. 남은 양을 조사하기 위해서입니다.

"한 통이 좀 넘습니다. 내일까지는 되겠네요."

"음, 그렇네. 내일까지는 되겠네. 그런데 모레부터는 어쩐다?"

"뭘 어쩌겠습니까요? 새 콩나물이 자랄 때까지 기다려야지요."

아주머니는 할 수 없지 않으냐는 듯 잘라 말했습니다.

"새 콩나물들은 얼마나 자랐을꼬?"

어제저녁부터 시작했는데 콩들이 자랐으면 얼마나 자랐겠습니까? 의원님은 그만큼 답답했던 것입니다.

그때였습니다. 장군님의 말소리가 들리는 것이었습니다.

"모두 수고 많으시네."

아주머니는 황급히 허리를 숙였습니다. 의원님은 뜻밖이라는 듯 장군님을 보고 있었습니다.

"장군님, 여기까지 웬일이십니까?"

"어떻게 하고 있나 궁금해서 왔소. 절로부인에게 인사도

드릴 겸 해서."

그때 콩이대장 어머니 절로부인이 나왔습니다.

"인사드립니다. 장군님께서 이렇게  직접 오
실 줄 몰랐습
니다."

"일찍 찾아봐야 하는데 인사가 늦었습니다. 콩이대장 덕분
에 우리 돌콩성 사람들이 살아나게 된 것 같습니다."

"모두 장군님의 덕분이 아니겠습니까? 우리 아이 잘 돌봐
주셔서 항상 고맙게 생각하고 있습니다."

"제가 뭐 하는 게 있습니까? 워낙 똑똑하고 잘하니까 모
두 좋아합니다."

콩이대장도 나와서 인사를 했습니다.

"오, 우리 대장, 좀 쉬었는가? 이번에 큰일 했다. 정말 수

고 많았어."

안에 들어가서 차라도 한잔하고 가시라고 권했으나 장군님은 안 된다고 했습니다. 밤이 늦어 돌아가야 했으니까요. 그보다 장군님은 콩나물이 얼마나 남아 있는지, 그것이 궁금했습니다.

"그나저나 콩나물은 얼마나 남아 있소?"

"장군님, 콩나물이 내일이면 끝납니다. 아직 덜 자란 것이라도 써야겠습니다. 그러자니 모두 다 긁어모았지만, 저것밖에 되지 않습니다."

"내일까지는 먹일 수 있다는 말이군. 음, 그러면 새 콩나물이 나올 때까지는 얼마나 기다려야 하오?"

모두 콩나물을 키우고 있지만, 아직 멀었습니다. 새 콩나물만 다 자라면 문제가 없겠지만, 그게 날짜가 지나야만 됩니다.

"한 이삼일은 견디어야 할 겁니다."

"이삼일이라. 괜찮을까?"

그때 절로부인이 나섰습니다. 콩나물이라면 아무래도 절로부인의 말을 들어보아야 할 것 같습니다.

"그게 그러니까 내일까지는 콩나물이 준비되어 있으니, 모레 하루 정도만 견디면, 그다음 날 저녁쯤에는 우선 급한 대로 환자에게 먹일 만하게 될 것입니다. 아직 제대로 된 콩나물 맛은 나지 않겠지만, 환자에게는 우선 먹여야 하지 않겠습니까?"

장군님은 하루 정도만 견디면 될 수 있을 거란 말에 그래도 좀 안심이 되었습니다.

"하루만 견디면 우선 급한 대로 할 수 있다는 말인데, 의원님 괜찮겠소?"

"예. 하루 쉬고 그다음 날부터 또 먹게 되니까 그렇게 걱정 안 해도 될 것 같습니다."

"그럼, 내일 나누어줄 때는 그 점을 분명히 알아듣게 말해 주어야 할 것 같소. 이제 배급*은 끝이라고. 그리고 하루만 견디면 그다음 날부터 먹어도 되니 안심하라고."

이제 정리가 된 것 같습니다. 장군님은 밤이 늦었다며 돌아갔습니다. 의원님도 군대 식당에 쓸 콩나물을 보내고는 집으로 돌아갔습니다. 참 바쁜 하루였습니다.

*배급(配給)-물건을 나누어 주는 일

콩나물이 명약이다

   다음 날 아침에도 장군님은 병사들이 있는 식당으로 갔습니다. 모두 잘 먹고 있었습니다. 사실 내일이 걱정이지 오늘은 콩나물이 제대로 공급되기 때문에, 걱정할 것은 없었습니다.

   그런데 콩나물이 좋기는 좋은 모양입니다. 잇몸에서 피가 멈춘 병사가 열 명이나 되었던 것입니다. 그러니까 콩나물국을 네 끼* 먹었는데 잇몸에서 피가 나오지 않게 된 사람이 열 명이 된다는 것입니다. 어제보다 훨씬 더 늘어난 것입니

*끼-밥을 먹는 횟수를 세는 단위를 나타내는 말

다. 거기다가 장군님도 피가 멈춘 것은 물론입니다.

장군님은 한 사람씩 확인까지 했습니다. 피가 잇몸에 번져 있는 다른 환자들하고는 확실히 달라 보였습니다.

콩나물이 약이라고 할 수 있겠나 하는 생각이 들었던 것도 사실이지만, 지금은 콩나물이 약이라고 할 수밖에 없었습니다.

바쁘기는 의원님도 마찬가지였습니다. 아침부터 나가서 환자들을 맞아야 했으니까요. 내일부터는 콩나물 배급이 없다는 것을 말했습니다. 그리고 모레 저녁때쯤 되면 집에서 기르고 있는 콩나물도 먹을만하게 될 거라고 했습니다. 물론 다 자란 건 아니지만 급한 대로 환자에게 먹일 만하다고 했습니다.

사람들은 먹이는 김에 달아서 먹여야지 중간에 끊으면 어떻게 하느냐고 했습니다.

의원님이 땀을 빼고 있자 절로부인이 거들었습니다. 오늘까지 먹으면 많이 좋아질 거라고 하면서, 하루쯤 쉰다고 해서 큰일 나는 건 아니라고 했습니다. 그리고 모레 저녁부터는 이제 마음껏 먹을 수 있으니 얼마나 좋으냐고 했습니다.

콩나물 선생님이 말하니까 모두 그렇게 알고 돌아갔습니다. 그래도 다들 고맙다는 인사는 하고 돌아갔습니다.

장군님은 어느 정도 일이 마무리되자 다시 회의를 열었습니다. 각 부대의 대장들을 다시 오게 한 것입니다. 의원님도 오게 했습니다. 물론 콩이대장도 와야 했습니다.

사람들은 이번에 콩이대장이 적의 포위망*을 어떻게 뚫고 나가서 약령도사에게 다녀올 수 있었는지, 다들 궁금해하는 것이 틀림없었습니다.

*포위망(包圍網)-그물로 싸듯이, 빈틈없이 에워싼 모습.

그런데 이 일은 비밀로 할 수밖에 없었습니다. 그러나 각 부대의 대장들에게는 이제 사실대로 말해주어야겠다는 생각이 들었습니다. 다른 사람은 몰라도, 각 부대의 대장들은 성 안에서 일어나고 있는 일이 어떻게 되어 가고 있는지 알아야만 하는 것입니다. 이제 이번 일이 어떻게 된 것인지 각 부대의 대장들에게는 밝혀주어야 할 것 같았습니다.

모두 모였습니다. 먼저 장군님의 당부*가 있었습니다. 이 일은 비밀로 해야 하는 일이기 때문에, 그동안 비밀을 지켜왔다는 점을 먼저 말했습니다. 그렇지만, 대장들은 어떻게 된 것인지를 알고 있어야만 할 것 같아서, 이렇게 오라고 했다고 했습니다.

이어서 민정대장의 보고가 있었습니다. 이 일은 그 노인의 청으로 시작하게 되었는데, 문제는 적군 몰래 약령도사를 어떻게 찾아가야 하느냐가 제일 어려운 점이었다고 했습니다. 적들이 돌콩성을 에워싸고 있어서, 이번 일이 쉽지 않았으리라는 것쯤은 대장들도 알고 있었습니다.

민정대장은 적을 속이고 나가려면 말갈 가족의 아들처럼

*당부(當付)-말로 단단히 부탁함

해서 가는 수밖에 없었고 그래서 결국은 콩이대장이 가게
되었다는 것을 밝혔습니다.

각 부대의 대장들은 깜짝 놀랐습니다. 대장들은 콩이대장
이 대단하다며 칭찬을 아끼지 않았습니다.

그다음에 그 약령도사로부터 처방받은 내용에 대해서는
콩이대장이 말한 그대로라면서 더 붙일 말은 없다고 했습니
다.

그 외에 특별한 점은 그 약령도사라는 분은 '하늘문 골짜
기'라는 곳에서, 병의 원인을 밝히기 위해 연구하고 있는데,
거기에 가려면 세 개의 문을 통과해야 한다고 했습니다. 그
리고 또 한 가지는 콩이대장이 돌아올 때는 저녁 무렵이었

고 그래서 밤이 되기 전까지는 도저히 은둔계곡까지 돌아올 수 없었는데, 그 약령도사라는 분이 준 약 한 사발을 마시고 는 마치 날아오듯 달려올 수 있었다고 했습니다.

그래서 어두워지기 전까지 돌아올 수 있었던 것이라고 했습니다.

마지막으로 장군님이 말씀하셨습니다. 장군님은 무사히 일을 마친 콩이대장이 고맙고 대견하기는* 하지만, 어린아이에게 이 일을 맡기게 되어 마음이 무겁고 힘들었다고 했습니다. 그리고 콩이대장을 보내고 싶지 않았는데, 자신은 비겁한 사람이 되고 싶지 않다면서, 콩이대장이 스스로 나서는

*대견하다-흐뭇하고 자랑스럽다

바람에 가게 되었다는 것도 말했습니다. 끝으로, 이번 일에 대해서는 비밀을 꼭 지켜달라고 한 번 더 당부했습니다.

요즈음 들어서 장군님의 하루는 병사* 식당에 들러 아픈 병사들을 둘러보는 것으로 시작되었습니다. 오늘은 콩나물이 없으니, 무엇으로 반찬을 하는지 걱정이 되기도 했습니다.

아침 반찬은 콩나물국 대신 된장국과 콩조림이었습니다.

된장국이라 하지만 아무것도 넣지 않은, 그야말로 물에다 된장을 풀어 끓인 것이었습니다. 성안에는 된장국에 넣을 시래기 같은 건 하나도 남아 있지를 않았으니까요.

*병사 (兵士)-장교가 아닌 일반 사병

그래도 다행인 것은 병든 병사들이 이젠 된장국도 잘 먹는다는 것이었습니다. 상태가 많이 좋아져서 밥맛이 돌아온 것입니다. 사흘 동안의 콩나물국이 톡톡히 효과를 보고 있는 것 같았습니다. 며칠 전만 하더라도 밥맛이 없어서 한두 숟갈 떠다가 말던 병사들이 지금은 된장국에라도 밥을 잘 먹고 있는 것이었습니다.

그리고 놀라운 것은, 이제 병사들 대부분이 입에서 피가 나지 않는다는 것이었습니다. 콩나물의 효과가 크긴 큰 모양입니다.

새 콩나물이 나온 것은 다음 날 저녁이었습니다. 아직 다 자라지는 않았지만, 기다리는 사람의 마음은 급했습니다. 국을 끓이기에는 적당하지 않았는지 나물무침을 해서 내놓았습니다. 덜 자란 콩나물들은 줄기보다 대가리가 더 많이 씹혀 아삭*한 맛이 좀 덜했습니다. 그래서 그런지 간을 좀 세게 해서 내놓았습니다. 그래도 잘들 먹었습니다. 아마 맛보다는 몸에 좋은 약이라는 생각으로 모두 열심히 먹고 있는

*아삭-연한 과실 따위를 깨무는 소리.

것 같았습니다.

그다음 날 아침에도 그렇게 나물무침이 나왔고, 저녁이 되어서야 국으로 나왔습니다. 날짜를 계산해 보면 닷새가 걸린 셈인데, 아직은 좀 덜 자란 것 같았습니다. 그래도 모두 잘 먹었습니다.

중요한 것은 상태가 좋지 않아서 드러누워 있던 환자들도 점차 기운을 회복*하고 있어서 더 걱정하지 않아도 되겠다는 것이었습니다. 이제 이 병으로 걱정할 필요는 없을 것 같았습니다.

의원님으로부터도 반가운 소식이 왔습니다. 일어나지도 못

*회복 (回復·恢復)-본래의 상태를 되찾음

하던 사람들이 이제 일어나기 시작했다는 것이었습니다. 의원님은 차도*가 좋다면서 콩나물이 무슨 명약 같아 보인다고 했습니다.

"음식이 약이라더니 정말 그 말이 맞는 것 같습니다."

의원님은 한숨 돌렸다는 듯 그렇게 말했습니다. 콩나물이 약이라고 한 그 약령도사야말로 정말 훌륭한 분이라는 생각이 들었습니다.

어쨌든 콩나물을 먹은 이후로 병이 더 나빠지거나 죽은 사람은 없게 되었습니다. 증세가 심하지 않던 사람들은 이제 훌훌 털고 일어나기 시작했습니다.

참으로 회복이 빨랐습니다. 닷새가 다르고 열흘이 달랐습니다. 보름 후에는 이 병으로 아픈 사람은 없게 된 것 같았습니다. 본래 몸이 쇠약해서 병이 깊었던 사람들도 콩나물을 먹고는 기운을 차리고 있었습니다. 신기해 보였습니다. 정말 믿을 수 없는 일이 벌어진 것이었습니다. 콩나물이 바로 명약이었던 것입니다.

*차도(差度·瘥度)-병이 조금씩 나아가는 정도.

그 약령도사라는 분은 고구려 제일의 명의*라고 하는 시의가 되고도 남을 만한 사람이라는 생각이 들기도 했습니다.

　장군님은 성안의 사람들에게 콩나물을 키워 먹도록 한 것이 참 잘한 것이라는 생각이 들었습니다. 콩나물은 키워 먹으면 되고 콩은 창고에 얼마든지 있고. 이제 걱정할 것이 없었습니다.

　의원님은 문득 뭔가 생각난 듯 장군님께 물어보았습니다.

　"장군님, 이제 괜찮으십니까?"

　"괜찮소. 다 나은 것 같구려."

　그러더니 장군님이 한마디 더 했습니다.

＊명의(名醫)-병을 잘 고쳐 이름난 의사

"콩나물이 명약*이오."

두 사람은 소리 높여 껄껄 웃었습니다.

사람들의 얼굴에도 싱글벙글 웃음이 번졌습니다. 다 죽어 간다고 했던 사람도 아무 탈 없이 살아났습니다. 콩나물이 이렇게 신기한 줄은 몰랐습니다. 콩나물이 명약이었던 것입니다.

"정말 신기해! 콩나물이 이렇게 좋을 줄이야!"

사람들은 콩이대장을 향해 큰소리로 외쳤습니다.

"만세! 콩이대장 만세!"

*명약(名藥)-효력이 좋아 이름난 약.

콩이대장은 쑥스러워 얼굴이 빨개졌습니다. 많은 사람들이 이렇게 환호하는 것을 보고, 자신이 마을에 도움이 될 수 있었다는 것이 마음 뿌듯하게* 느껴졌습니다.

사람들의 만세 소리에 콩이대장은 손을 머리 위로 올려 힘껏 흔들며 환하게 웃었습니다.

"콩이 대장 만세!"

"콩나물 대장 만세!"

콩이 대장은 이제 마을의 영웅**이 되었습니다. 그리고 사람들은 콩이대장을 '콩나물 대장'이라고 불렀습니다.

*뿌듯하다-기쁨이나 감격 따위의 감정이 마음에 가득 차서 벅차다.
**영웅(英雄)-지혜와 재능이 뛰어나고 용맹하여 보통 사람이 하기
　　　어려운 일을 해내는 사람.

최후의 일격

　사람들은 이제 살아났다는 기쁨에 안도의 한숨을 내쉬었습니다. 모두 언제 그랬느냐는 듯 편안한 얼굴이었습니다.

　그런데 그렇게 좋아하고 있을 수만은 없었습니다. 며칠 후 성 앞에는 못 보던 것이 하나 나타났던 것입니다. 집채*만 한 것이 무슨 줄을 주렁주렁 달고 있었는데, 여러 사람이 밀면서 오고 있었습니다. 거기엔 이때까지 한 번도 보지 못한 적장도 함께 나타났습니다.

　"저게 뭐야?"

*집채-집의 한 채. 또는 집 전체

"무슨, 수레인가?"

이상한 물체가 나타났다는 소리에 장군님도 나와보았습니다. 그러다가 장군님은 깜짝 놀라 소리쳤습니다.

"앗! 저것은 투석기*가 아닌가? 아니, 거란군에도 투석기도 있었나?"

알고 보니 그 투석기는 중국의 기술자를 데려다 많은 돈을 주고 만들게 했던 것이었습니다.

그 순간 갑자기 커다란 돌멩이 하나가 성벽 위로 날아들었습니다. 고구려군 한 명이 그 돌을 맞고 그만 쓰러지고 말았습니다.

*투석기(投石器)-성이나 적진으로 큰 돌을 쏘는 병기

"투석기다. 모두 몸을 피하라. 모두 성 아래로 내려가라."

장군님이 외쳤습니다. 모두 몸을 피하자, 장군님도 몸을 피했습니다. 그런데 고구려군이 성벽 위에서 내려가고 나자, 적군들은 기다렸다는 듯 대나무 사다리를 성벽에 걸치고는 또 기어오르기 시작하는 것이었습니다.

"적군이 올라온다."

망대에서 외치는 소리가 들려왔습니다. 고구려군은 다시 성벽 위로 올라가 적군들을 향해 돌멩이 공격을 퍼부었습니다.

그러자 다시 투석기가 공격을 시작하는 것이었습니다.

이번에는 투석기가 멈추지 않고 계속해서 공격을 퍼붓는데, 무엇보다 피해가 큰 것은 성벽 위에 돌멩이가 떨어질 때였습니다. 마치 바위와도 같은 큰 돌이 성벽 위에 떨어지면, 쌓아두었던 돌멩이나 공격용 무기들이 다 흐트러지고 마는 것이었습니다.

그런데 투석기 공격이 멈추나 싶으면, 또 적들이 성벽을 기어올라 왔습니다.

"적이다. 적들이 또 올라온다."

이번에는 미처 고구려군이 다 올라가기도 전에 적군이 먼저 올라와 버렸습니다. 돌격대까지 나섰지만, 적군도 만만치 않았습니다. 돌격대가 나서는 바람에 적군을 물리치기는 했지만, 고구려 군사들도 크게 다쳤습니다.

그런데, 이번에는 투석기에서 또 돌이 날아오기 시작하는 것이었습니다.

물리치고 나면 또 올라오고, 이런 식의 전투가 종일 이어졌습니다. 저녁 무렵이 되어서야 적군은 결국 물러나고 말았지만 그야말로 위태위태한* 하루였습니다.

*위태위태하다(危殆危殆하다)-매우 위태하다.

저녁에 장군님은 회의를 열었습니다.

"이대로는 안 되겠소. 우리 병사들도 위험하고 성벽도 견디지 못하겠소. 그래서 하는 말인데 우리 한번 쓸어버립시다."

장군님의 말에 모두 놀라서 보고 있었습니다. 장군님은 계속해서 말했습니다.

"습격* 시간은 내일 아침이오. 공격 신호가 울리면 한꺼번에 나가서 적을 쓸어버립시다."

대장들의 눈빛이 달라지고 있었습니다.

"그러려면 준비가 필요하오. 내일 아침 제1 보병대는 미

*습격(襲擊)-갑자기 적을 덮쳐 공격함

리 북문 밖으로 나가서 대기하고 있어야 하오. 그리고 제2 보병대는 남쪽 성벽에 있는 샛문을 통해 밖으로 나가서 대기하시오. 제1 보병대와 제2 보병대의 역할은 동문 앞 적들을 섬멸하는 것이오. 공격 신호가 울리면 일제히 적들을 포위하고 섬멸하도록 하시오.

그리고 기병대는 동문 앞에 대기하고 있다가 공격 신호가 울리면 같이 공격하시오. 성 밖으로 달려나가 적장을 공격하시오."

"예. 적장을 잡아오겠습니다."

기병대장이 자신 있다는 듯, 그렇게 말했습니다.

"아니, 그렇다고 해서 끝까지 가지 말고 적당한 데에서 멈추고 돌아오시오. 적의 대군*과 맞붙어서는 아니 될 것이오."

기병대장은 그제야 무슨 말인지 알 것 같았습니다. 장군님은 계속해서 작전을 지시했습니다.

"그리고 돌격대. 돌격대는 기병대를 따라 나가서 동문 앞 적들을 기습하시오. 그러니까 내일 동문 앞의 공격은 제1 보

*대군(大軍)-많은 병사로 이루어진 군대

병대와 제2 보병대 그리고 돌격대의 협공*이 되겠소. 내일 습격은 짧은 시간에 빨리 마쳐야만 하는 것이오. 기병대도 시간 끌지 말고, 빨리 돌아오도록 하시오."

장군님은 주위를 둘러보며 말을 계속했습니다.

"그리고 제3 보병대장은 내일 성을 지켜야 하오. 그리고 성의 수비를 맡아있는 병사들 말고 나머지 병사들도, 언제든지 전투에 나올 수 있도록 준비하고 있어야 하오. 내일 아침부터 성문 출입은 제3 보병대장이 맡도록 하시오."

장군님은 이 기습작전을 위해 미리 여러 가지 계획을 세우고 있었던 것 같았습니다.

"그리고 한 가지 더. 내일 작전 중에 제일 중요한 것이 저 괴물 같은 투석기를 없애는 것이오. 화공부대장. 화공부대는 내일 준비를 단단히 해서 저 투석기 두 개를 완전히 불태워 없애야 하네. 어떤 일이 있어도 저걸 남겨 두면 안 되네."

"옛. 소나무 기름은 충분합니다. 소나무 기름만 있으면 순식간에 태워 없앨 수 있습니다."

화공부대장의 대답을 기다릴 새도 없이 장군님은 마지막

*협공(挾攻)-전투나 경기 따위에서, 적을 양쪽에서 들이침.

지시를 내렸습니다.

"그리고 돌격대장. 돌격대는 화공부대가 임무를 제대로 할 수 있도록 보호해 주어야 하네."

"예. 잘 알겠습니다."

장군님의 설명이 끝났습니다. 장군님은 상황*을 잘 생각해 보고 미리 계획을 세워 놓았던 것입니다.

"질문들 있으면 하시오."

장군님이 모두를 둘러보며 말했습니다.

"동문 앞의 적의 수는 어느 정도가 되는 것 같습니까?"

"모두 5천은 넘을 것이오. 결코, 적은 수는 아니오. 내일 공격에 나서는 우리 군사보다 많을 것이오. 기습작전으로 적을 먼저 눌러버리지 않으면 안 될 것이오."

그 외에도 많은 질문이 오고 갔습니다. 그중에서 중요한 것은 기습으로 적을 먼저 눌러야만 된다는 것과 또 어떤 일

*상황 (狀況)-일이 되어 가는 형편이나 모양.

이 있더라도 투석기를 불살라 없애야 한다는 것이었습니다.

　다음 날은 새벽부터 가마솥*에 콩나물국이 끓고 있었습니다. 병사들은 뜨끈한 국에다 밥을 말아 든든하게 배를 채웠습니다.

　"어허, 잘 먹었다."

　병사들은 힘이 넘쳐났습니다. 오늘 있을 기습작전 때문인지 눈빛이 달라 보이는 것 같기도 했습니다.

　모두 연병장**에 모였습니다. 장군님이 나타났습니다.

　"모두 준비되었는가?"

　"예!"

　병사들의 힘찬 소리에는 든든함이 느껴졌습니다. 장군님의 말씀이 계속되었습니다.

　"오늘은 결전***의 날이다."

　"와! 싸우자!"

　"기필코 적을 쳐부수고, 몰아내야 한다."

*가마솥-우묵하게 생긴 큰 솥
**연병장(練兵場)-군대를 훈련 시키는 운동장
***결전(決戰)-승부가 결정 나는 중요한 싸움

"와! 나가자!"

병사들이 외치는 소리가 하늘을 찌를 듯했습니다. 장군님은 손을 들어 진정시켰습니다.

"각 부대는 정해진 위치로 이동하라."

장군님도 단*에서 내려왔습니다. 그리고 전투를 지휘하기 위해 망대 위로 발걸음을 옮겼습니다.

장군님은 망대로 올라가면서 콩이대장에게 활을 잘 챙겨 놓으라고 했습니다. 언제부터인가 장군님의 활은 콩이대장이

*단(壇)-지휘, 연설 등을 위해서, 주변보다 높게 만들어 놓은 자리.

맡아서 챙기고 있었습니다.

장군님의 활은 만드는 데에 5년이 걸렸습니다. 크기도 크지만, 힘도 매우 강했습니다. 겨울철이 되면 콩이대장은 장군님의 활을 가져가서 손보아달라고 맡깁니다.

활 만드는 사람은 장군님의 활을 살펴보고 느슨해진 데는 없는지, 또 아교풀*로 붙인 데가 들뜨지는 않았는지, 여기저기 살펴보고 손질합니다. 활을 만들고 손질하는 것은 겨울철에 해야 합니다.

올해도 콩이대장은 장군님의 활을 가지고 가서 여기저기 손보고 잘 챙겨 두었습니다.

콩이대장은 장군님의 활과 화살통을 꺼내서 한 번 더 살펴보았습니다. 그러고는 품에다 꼭 안고는 장군님의 연락을 기다리고 있었습니다.

적의 공격이 시작되었습니다. 투석기에서 날아온 바위들이 성벽을 부수어 버릴 것처럼 세게 날아들었습니다.

고구려 군사들의 비밀스러운 움직임이 시작되었습니다.

제1 보병대는 이미 북문을 빠져나가 성벽 뒤에서 숨을 죽

*아교풀(阿膠풀)-쇠가죽, 힘줄 따위를 끈끈하도록 진하게 고아서 만든 풀

이고 있었고, 남쪽 샛문으로는 제2 보병대가 빠져나가서 공격 신호를 기다리고 있었습니다. 기마대는 세 줄로 정렬해 있다가, 동문 쪽으로 이동하면서, 성문이 열리기만을 기다리고 있었습니다. 그리고 5백 명의 돌격대도 동문 부근에서 기마대와 함께 뛰쳐나갈 준비를 하고 있었습니다.

제3 보병대만 남기고, 나머지 모든 부대가 공격에 나선 것입니다.

장군님은 고장대*에 올랐습니다. 적장의 모습을 제일 잘 볼 수 있는 곳은 아무래도 이곳 고장대가 제일 나아 보였습니다. 적장은 말 위에 앉아 두 개의 투석기가 성벽을 때리는 것을 흐뭇한 듯 지켜보고 있었습니다.

*고장대-안시성 성벽의 남동쪽 모서리에 있는 망대

장군님은 활을 가져오게 하였습니다. 콩이대장이 장군님의 활을 가지고 왔습니다. 돌멩이가 날아오는 그 위험 속에서도 눈 하나 꿈쩍 않고 장군님의 활을 가지고 뛰어 올라왔던 것입니다.

　　장군님은 활을 꺼내어 활줄을 한번 당겨보았습니다. 활줄

에서는 탄탄한 힘이 느껴져 왔습니다. 콩이대장이 화살통을 내밀었습니다.

장군님은 여러 개의 화살 중에서 돌화살촉이 달린 화살 하나를 꺼내 들었습니다. 단 하나 남아 있는 돌화살촉입니다. 지금은 잘 쓰지 않는 화살인데, 그만큼 오랫동안 쓰지 않고 아껴두었던 화살입니다. 오래전 할아버지의 할아버지로부터 물려받아 내려온 화살이었습니다.

　오늘 장군님은 웬일인지, 그 오래된 돌화살촉을 쓰고 싶었습니다. 그 화살엔 아마도 고구려 사람들의 간절한 마음이 담겨 있기 때문인지도 모르겠습니다.

　장군님은 뚜벅뚜벅 앞으로 나갔습니다. 저 아래 말 위에 앉아있는 적장의 모습이 눈에 띄었습니다. 장군님은 깊은숨을 들이쉰 다음 활을 높이 쳐들어 올렸습니다. 그러고는 활줄을 힘껏 잡아당겼습니다.

　모두가 숨을 죽이고 있었습니다.

　'날아라. 고구려의 혼*.'

　장군님은 있는 힘을 다해 화살을 날렸습니다. 순간 검푸른 돌 촉이 햇빛을 받아 반짝이며, 하늘 높이 솟아올랐습니다. 사람들은 한참이나 화살에서 눈을 떼지 못하고 있었습니다.

*혼(魂)-넋. 얼. 정신. 영혼.

높이 오르던 화살이 드디어 아래로 향하는 것 같았습니다.

그런데 사람들은 눈을 부릅뜨고 화살을 쫓고 있었지만, 화살이 너무 멀리 날아가는 바람에 잘 보이지를 않았습니다.

이제나저제나 하는 그때였습니다. 그때 갑자기 적장이 탄 말이 하늘 높이 솟아오르는 게 아니겠습니까? 그러고는 하늘을 향해 두 발을 휘젓는 것이었습니다. 장군님이 쏜 화살에 맞은 것입니다. 그 바람에 적장은 그만 굴러떨어지고 말았습니다. 그제야 사람들은 와 하고 환성을 질렀습니다.

그 순간 북이 울렸습니다. 공격의 신호가 울린 것입니다.

"둥 둥 둥 둥."

"공격이다. 총공격! 공격하라"

　기수는 깃발을 크게 흔들었습니다. 공격하라는 신호였습
니다.

　적장의 말은 적장을 매단 채로 미친 듯이 내달렸습니다.
그때 갑자기 성문이 열리더니 기마대가 나타나는 것이었습
니다. 말을 탄 고구려기병대가 적장을 향해 달려오고 있었습
니다.

　"적장을 잡아라! 저놈을 놓치지 말아라."

　그야말로 위기일발*이었습니다. 무시무시한 기세로 뛰쳐
나오니 정말 정신이 없었습니다. 적장의 호위병들이 적장
의 말을 겨우 붙들었습니다.

*위기일발(危機一髮)-여유가 조금도 없이 아슬아슬하게 닥친 위기의순간

"후퇴하라. 호위대장, 빨리 후퇴하라!"

적장은 그렇게 말하고는 그만 쓰러져 버리고 말았습니다.

부하들은 적장을 겨우 말에 싣고는 냅다 도망치기 시작했습니다.

자기편 대장이 쓰러진 것을 본 적병들도 마구 도망치기 시작했습니다. 그러나 늦었습니다. 기병대가 마구 짓밟고 지나가는 데다, 바깥쪽에는 이미 나와서 기다리고 있던 고구려군이 쳐들어와 덮쳐버리는 것이었습니다. 거기다가 돌격대마저 들이닥치니 어찌할 줄 몰랐습니다.

그날 동문 앞의 적병들은 전멸*하고 말았습니다. 물론 투석기도 말끔히 태워 없애 버렸습니다.

"만세! 만세!"

성안의 사람들 모두가 만세를 불렀습니다.

적장은 말에 실린 채 달아나기에 바빴고, 성 앞의 적군들은 오지도 가지도 못한 채 모조리 쓰러지고 말았습니다. 특히 꼼짝없이 당하고만 있던 그 투석기가 불에 훨훨 타고 있는 모습에 저절로 만세가 나왔습니다.

*전멸(全滅)-죄다 멸망함. 다 죽음. 모두 패함.

"만세! 만세!"

"장군님 만세!"

사람들은 모두 나와 춤을 추며 기뻐했습니다.

돌콩성은 절대 무너지지 않는다는 것을 또 한 번 보여주었습니다.